KB202126

시몬느 베이유의 철학사상을 중심으로

# 아이리스 머독
## 소설에 나타난
### 타자(他者)읽기에 관한 연구

내일을여는지식 어문 25

시몬느 베이유의 철학사상을 중심으로

# 아이리스 머독
## 소설에 나타난
## 타자(他者)읽기에 관한 연구

● 이혜리 지음

한국학술정보㈜

# 목차

# I

들어가며

본서는 아이리스 머독(Iris Murdoch)의 대표작인『종 *The Bell*』과
『상당히 명예로운 패배 *A Fairly Honourable Defeat*』그리고 그녀의
마지막 소설인『잭슨의 딜레마 *Jackson's Dilemma*』의 큰 줄기를 이
루고 있는 타자읽기를 시몬느 베이유의 사상을 통해 분석함으로써
머독 소설에 나타난 타자읽기의 방법론을 제시하는 데 목적이 있
다. 머독의 소설을 베이유의 사상에 비추어 분석하는 이유는 머독
사유에 미친 베이유의 영향이 매우 뚜렷하고 독특하기 때문이며
머독이 타자인식의 중요한 방법론을 베이유의 사상에서 발견하고
있기 때문이다.

아이리스 머독은 1954년『그물 아래서 *Under the Net*』를 처녀작
으로 총 26편에 이르는 소설, 4편의 드라마와 다수의 시를 발표했
을 뿐 아니라 도덕철학과 실존주의에 관한 다수의 저서와 논문을
발표한 철학자이자 소설가였다.[1] 그녀는 자신의 소설들을 통해 예
술과 도덕 사이의 관계를 폭넓게 다루고 있으며 거짓된 환상으로
부터 진리를 구별해 내고 무엇이 선인지를 밝히려는 노력을 끊임
없이 시도했다. 머독은 철학과 마찬가지로 문학 또한 진리를 밝혀

---

[1] 머독은 철학자이며 소설가이지만 자신의 철학적 신조를 전달하기 위해서 소설을 쓰는
것은 아니라는 입장을 분명히 했다. 그녀는 글쓰기를 좋아해 예술작품을 창작하기 위
해서 글을 쓰는 것이지 사람들을 가르치거나 철학적 신조를 전달하기 위해서 글을 쓰는
것은 아니라는 것이다. 그녀는 소설을 쓰는 것은 예술가로서의 본능을 따라야 하는 것
이므로 교사의 자세로 글을 쓰는 것은 매우 위험한 일이라고 보았다(Hartill 92 참조).

내는 작업임을 명확히 하고 있으며(EM 11) 현대 철학에서 뚜렷하게 부각되고 있지 않은 선과 악의 투쟁을 첨예화시킴으로써 무엇이 선인지에 대한 궁극적인 질문을 그녀의 소설 속에서 묻고 있다.

머독이 지칭하는 현대철학이란 무어(G. E. Moore)와 비트겐슈타인(Wittgenstein)의 언어경험주의2)와 장 폴 사르트르(Jean Paul Sartre)의 실존주의 철학을 일컫는 것이다. 머독은 처음에는 이 양 철학에 매력을 느끼지만 시몬느 베이유(Simone Weil) 사상의 영향으로3) 이를 거부하게 된다.4) 머독은 언어분석학이 도덕을 과학으로 간주하여 내적 생활의 측면에서가 아니라 언어적, 행동적 선택이라는 측면에서 도덕을 연구하기 때문에 이를 거부한다(Griffin 19). "과학은 어떤 면에서 도덕을 가르칠 수도 있고 그것의 방향을 바꿀 수도 있지만, 그것이 도덕을 포함할 수는 없고, 따라서 도덕철학도 포함할 수 없다."(SOG 27)는 것이다.

머독은 당시에 새로운 종교로 추종되던 실존주의 철학에 대해 여러 가지 이유에서 흥미를 느꼈다. 그러나 그녀는 사르트르에 대한 첫 번째 비평서 『사르트르: 낭만적 이성주의자 Sartre: Romantic Rationalist』에서 사르트르와 견해를 달리하는 많은 부분을 제시했

---

2) 1950년대 논리적 실증철학과 언어 철학으로 불리는 영국철학은 논리적, 과학적 방법을 지나치게 신뢰하며 과학적 방법으로 분석할 수 없는 인간의 영역 - 즉 '동질성'이나 '시간'과 같은 철학자들이 다루는 중요한 개념들에 대해서는 거의 언급하지 않는다 (Nicol 25 참조).

3) 머독이 『절대선 The Sovereignty of Good』에서도 인정하듯이 베이유는 머독에게 영향을 준 유일한 여성 철학자이다(SOG 33, 39, 49).

4) 특히 1950년대에 발표한 5편의 에세이 「실존주의 영웅 The Existentialist Hero」(1950), 「형이상학자로서의 소설가 The Novelist as Metaphysician」(1950), 「구체적 사상에의 향수 Nostalgia for the Particular」, 「도덕에서의 비전과 선택 Vision and Choice in Morality」 (1956), 「형이상학과 윤리학 Metaphysics and Ethics」(1957)와 사르트르에 관한 비평서 『사르트르: 낭만적 이성주의자 Sartre: Romantic Realist』(1953)에서 머독은 언어분석학과 실존주의를 거부하는 이유를 밝히고 있다.

다. 이것은 그녀가 자신의 철학을 발전시키는 중요한 계기가 되었다. 머독은 아무 상관도 없는 낯선 사물들과 타인들로 가득 찬 부조리한 세상에 인간이 던져졌다고 하는 사르트르의 견해는 수용했지만 그러한 점을 혐오스럽게 생각하는 것에 대해서는 의문을 제기했다.

머독은 실존주의가 자아를 지나치게 강조한다고 보았다. 사르트르의 작품 『출구 없는 방 *No exit*』에서 가르쎈(Garcin)은 '타자는 곧 지옥'이라고 선언한다. 그 이유는 그들 나름의 욕망과 자유를 지닌 타자는 자유롭고자 하는 우리 자신의 시도를 위태롭게 하기 때문이다.[5] 머독은 바로 이러한 견해가 매우 불건전하다고 날카롭게 지적했다. 그녀는 사르트르가 사람보다는 사상에 훨씬 더 많은 관심을 가지고 있으며 그의 작품은 모든 것을 하나의 이론으로 모으려는 체제 세우기를 지나치게 강조하고 있다고 비난했다. 아래에서 다양한 가치의 필요성을 주장하는 머독의 주장을 살펴본다.

> 세상이라는 정신병동은 모두가 하나라고 확신하는 사람들로 가득 차 있다. '모두가 하나'라는 것은 지고한 것을 제외하고는 어떤 차원에서도 위험한 거짓이라고 말할 수 있다.

The madhouse of the world are filled with people who are convinced

---

[5] 무신론적 입장에 서 있는 사르트르는 인간을 만든 신이 존재하지 않기에 인간의 본질은 정해져 있지 않다고 역설한다. 그러므로 인간 스스로 자유로운 선택과 자발적 결단을 통해 스스로를 형성해 가야 하는 것이고, 자신의 선택과 결과에 대해 무한 책임을 짊어져야 하는 것이다. 사르트르는 의식적 존재로서의 인간을 대자적 존재로, 대자존재의 특징을 의식으로 규정하면서 인간을 자유로 선고한다. 그런데 절대적 자유를 선고받은 나의 자아실현은 역시 절대적 자유를 선고받은 타인의 자아실현을 침해할 수도 있고 그 역도 또한 성립한다. 그는 이러한 자기 논리에 빠져 '타인은 곧 지옥'이라고 선고한다. 헤겔의 노예 변증법을 수용한 그는 세계 내에 던져진 우리는 타인과 평화로운 공존을 누리기보다는 필사적 투쟁을 피할 수 없다고 주장한다(김연숙 45-6참조).

that all is one. It might be said that 'all is one' is a dangerous falsehood
at any level except the highest; ……("On 'God' and 'Good'", SOG 55)

　　실존주의 철학으로 대표되는 현대철학과 현대문학에서는 주인공
들이 고독한 영웅의 모습으로 묘사된다.[6] 그러나 머독은 그녀의
작품 속에서 19세기 소설에서 볼 수 있는 생동감 있는 풍부한 인
간상을 담아내고자 하였다. 머독의 이러한 시도는 인간의 심오함을
단일한 사고나 사상체계로 통합할 수 없다는 그녀의 철학을 문학
에 반영한 것으로 보인다.

　　1961년 머독은 그녀의 소설관을 가장 잘 나타낸 에세이 「메마름
에 저항하여Against Dryness」에서 19세기 소설을 "'인간의 조건'에
는 관심이 없으며, 사회 속에서 고뇌하는 사실적인 다양한 개인"(EM
291)에 관심이 있는 역동적이고 흥미로운 소설이라고 보았다. 그녀
는 또한 20세기 현대 소설을 '결정체적' 소설 혹은 '보도기사적'
소설로 분류했다.[7] 전자는 19세기 소설의 생동감 넘치는 등장인물
들을 배제한 채 인간의 조건을 묘사하는 우화 같은 소설이고 후자
는 창백한 인습적인 인물들을 통해 경험적인 사실들을 솔직하게
일정한 형식 없이 서술하는 방대한 기록문서 같은 소설이다. 머독

---

6) 이 시대의 가장 훌륭하고 영향력 있는 문학을 대표하는 형이상학적 소설 속에서, 영웅
　은 늘 홀로 있고 고독하며 동료가 없는 것으로 묘사된다. 낭만주의에서 묘사되는 사람
　사이의 투쟁 또한 한 사람의 생각 속에서 일어나는 투쟁이다. 스노우(C. P. Snow)는 모
　더니즘이 작가들을 사회로부터 위축시켰고 그래서 내면을 바라보는 것을 창조케 했으
　며 사회적 책임을 지지 않는 작품들을 만들어 내도록 이끌었다고 주장한다(Gąsiorek 23).
7) 「메마름에 저항하여」가 출판된 지 2년이 채 안 된 프랭크 커모드(Frank Kermode)와의
　인터뷰인 '소설의 집 House of Fiction'에서, 머독은 소설을 이처럼 도식적으로 구분하
　는 것에 대해서는 다소 삼가고 있다. 그러나 1976년 말콤 브래드버리(Malcolm Bradbury)
　와의 인터뷰에서 머독은 이러한 구분이 너무 단순하다고 느끼면서도 그것을 부정하지
　는 않는다. 이러한 두 가지 구분 사이에서 중간을 택하는 것이 그녀 자신의 소설의 목
　적이기도 하다(Todd, Iris 24 참조).

은 이러한 문학 형태 중 그 어느 것도 현대인의 문제를 다루기에는 적합하지 않다고 보았다.

소설가로서 머독은 '타인을 아는 것'(*EM* 281)에 집중하고 이 문제에 접근할 수 있는 다양한 방법을 그녀의 소설 속에서 시도하고 있다. 그 방법 중의 하나가 머독 특유의 "초월적 리얼리즘"(Baldanza 21)이다. 그녀가 작품 속에서 종종 사용하는 초월적 리얼리즘은 인물이나 배경묘사, 줄거리 등 모든 면에서 리얼리즘 기법을 사용하는 동시에 "터무니없는, 기발한, 환상적인 어떤 것"을 삽입하여 작품에 설정된 전제로부터 훨씬 벗어난 아주 특이한 상황에 휘말리게 하는 독특한 기법이다.

머독은 이러한 기법으로 작품 속에서 인간의 패쇄적인 자아를 끊임없이 공격하고 있으며 이기심의 무익함을 선명하게 드러내고 있다. 따라서 머독 작품의 목적은 이기적인 자아의 허상을 깨고 실재와 유리된 환상으로부터 벗어나 타인을 향한 참된 사랑과 자유에 이르는 길을 보여주기 위한 것이라고 해도 지나치지 않는다.

머독의 이러한 끈질긴 노력은 자아라는 단단한 껍질 속에서 굳어진 편견과 사회적 통념이라는 틀을 깨고 자아 밖에 존재하는 엄연한 실재(reality)와 제각기 독특하게 존재하는 타자를 인식할 수 있는 비전을 독자들에게 제시하기 위한 것으로 보인다. 머독의 이러한 시도에는 우리가 타자 속에서 읽어내는 것이 실제의 그 사람과는 '확실히'(*GG* 188) 다를 수 있다고 주장하는 베이유의 사상이 반영된 것으로 보인다.

베이유는 『중력과 은총 *La pesanteur et la grâce*』[8])의 「읽기 Readings」

---

8) 본서는 프랑스어 원작 *La pesanteur et la grâce*의 인용구는 영문번역본 Simone Weil, *Gravity*

에서 타자읽기를 논하고 있다. 여기서 '타자'9)란 '개개의 인간'을
지칭하는 말이다.

> 타자. 개개의 인간(자기 자신의 상)을 하나의 감옥으로 생각할 것. 한 죄
> 인이 그 속에서 살아가고 있고, 그 주위에 우주 전체가 자리 잡은 감옥.

> Others. To see each human being(an image of oneself) as a prison in
> which a prisoner dwells, surrounded by the whole universe(*GG* 188).

위에서 볼 수 있듯이 베이유가 언급한 타자, 즉 '개개의 인간'은
'자기 자신의 이미지'라는 '감옥'에 갇혀 살아가고 있다. 또한 여기
서 사용된 '읽기'라는 말은 우리가 다른 사람들을 겉으로 보고 판
단하거나 혹은 다른 사람들이 우리를 겉으로 보고 판단하는 것을
일컫는다. 예를 들어 만일 어떤 사람이 담을 기어 올라가는 것을
보게 되면 설령 그가 도둑이 아닐지라도 우리는 본능적으로 그를
도둑이라고 읽게 된다(*GG* 188 편집자 주). 이것은 객관적으로 존

---

*and Grace*, Trans. Arthur Wills(New York: Octagon, 1987)를 이용하였고 한글번역은 시
몬느 베이유, 『중력과 은총』. 윤진 옮김(서울: 한불문화출판, 1988)을 대부분 그대로
사용하였으나 몇 군데, 특히 독자들의 혼란을 불러일으키기 쉬운 'void'는 정신적인 의
미의 허탈의 개념으로 사용되었을 때는 '공허'로, 'attention'은 '주시'로 번역하였음을
밝혀둔다.

9) 타자성의 문제는 지난 수십 년 동안 문학뿐 아니라 인문·사회학의 거의 모든 분야에
서 거론된 가장 중요한 주제 중의 하나이다. 그리고 이것은 포스트모더니즘의 핵심이
라고도 볼 수 있다. 특히 불란서 철학자 임마누엘 레비나스(Immanuel Levinas)의 타자
성에 관한 논의는 최근 포스트모던 이론과 논쟁에서 중요하게 부각되고 있다. 타자인
식에 있어 머독과 레비나스의 견해는 많은 면에서 상당히 유사하다. 레비나스가 인간
이 유아론적 경향에서 벗어날 수 있는 가능성을 타자성의 수용에서 찾는 것이나 타자
를 현현하는 존재로 보고 타자의 등장방식을 '현현'(김연숙 14)으로 구분하는 것 등은
머독의 견해와 상당히 유사한 것으로 보인다. 머독과 레비나스의 윤리학의 유사성과
차이점에 관해서는 Bob Plant 456-70 참조. 그러나 머독은 자신의 글에서 레비나스
를 전혀 언급하고 있지 않다. 따라서 본서는 베이유의 사상을 중심으로 타자의 개념을
다루고 있음을 밝혀둔다.

재하는 실재와 주관적인 판단 사이에 차이가 존재하고 있음을 보여주는 것이다. 따라서 여기서 말하는 '읽기'란 사람이나 사건, 상황을 바라봄에 있어 개개인의 주관적 판단에 근거한 일방적인 해석이며 보는 사람의 가치판단에 따라 좌우되는 것이다. 베이유는 이러한 타자읽기의 유형을 다음에서와 같이 '노예'와 '정복'으로 구분한다.

> 인간은 타자를 읽지만, 또한 타자에 의해 읽혀지기도 한다. 이러한 '읽기' 간의 충돌. 어떤 사람에게 우리가 그를 읽는 대로 그가 자신을 읽도록 강요하는 것(노예). 다른 사람으로 하여금 우리가 우리를 읽는 대로 그도 우리를 읽도록 강요하는 것(정복). 기계적인 과정. 종종, 귀머거리들 사이의 대화.

> We read, but also *we are read by* others. Interpenetrations in these readings. Forcing someone to read himself as we read him(slavery). Forcing others to read us as we read ourselves(conquest). A mechanical process. More often than not, a dialogue between deaf people(*GG* 188 – 89).

베이유는 타인이 보는 대로 자신을 읽는 것을 '노예'로, 자기 식의 읽기를 타인에게 강요하는 것을 '정복'으로 구분한다. 베이유는 개개인의 실재를 읽지 못하는 그릇된 타자읽기의 자동적 기계장치를 어떻게 하면 멈출 수 있을지에 관심을 모았다. 베이유는 인간 사이에 일어나는 잘못된 읽기, 읽기 간의 충돌현상의 원인을 '대중의 여론과 온갖 정념'(*GG* 189)으로 간주한다. 잔 다르크(Jeanne d'Are)와 그리스도(Christ)의 죽음에 대중의 여론이 미친 영향을 상기시키면서 베이유는 대부분의 읽기는 중력에 따른다고 보았다. 베이유는 세상을 지배하는 물리적인 중력의 법칙과 유사한 어떤 법칙들이 모든 인간관계와 정신작용을 지배한다고 보았다(*GG* 45). 사회적 관례나 '정념(the passions)'에 단순히 순응하는 것은 중력을 그대로 따르는 것이다. 다음에서 알 수 있듯이 베이유는 이러한 순응적 읽기에서 벗어나 균형 잡힌 읽기를 위해서는 고도의 '주시' 가 필요하다고 보았다.

> 여러 가지 읽기. 읽기는 - 어떤 수준급의 주시를 제외하고 - 중력에 따른다. 우리들은 중력이 제시하는 의견을 그대로 읽는 것이다(우리가 인간이나 여러 사건들을 판단하는 데는 정열이나 사회적 관례의 순응주의가 아주 큰 역할을 한다). 보다 높은 주시를 기울이면 우리는 중력 그 자체를, 그리고 가능한 여러 가지 균형체계를 읽을 수 있다.

> Readings. Reading - except where there is a certain quality of attention - obeys the law of gravity. We read the opinions suggested by gravity(the preponderant part played by the passions, and by social confirmity in the judgements we form of men and events). With a higher quality of attention, our reading discovers gravity itself and various systems of possible balance(*GG* 190).

베이유는 고도의 '주시'를 통해 성취하는 균형 잡힌 읽기는 '전적으로 인간의 본성으로부터 솟아오르는 명상', 인간의 내면 깊은 곳에서 들리는 '움직임이 전혀 없는 소리', '영혼의 소리'를 들음으로 가능하다고 보았다. 베이유는 내면에서 솟아오르는 전혀 움직임이 없는 깊은 명상을 통해 '우주에서 발견되는 균형'을 읽어야 한다고 주장한다. 이러한 균형의 필요성은 불균형 상태를 전제로 하는 것인데, 베이유는 육체적인 세계의 자연적인 현상이나 육체와 실재 속에는 불균형이 없다고 보았다(단지 영혼에 미치는 효과에 관련된 것을 제외하고는). 불균형이 있다면 그것은 욕망과 인간들 사이의 관계에 있다는 것이다. 따라서 베이유는 다양한 읽기 속에서 균형 잡힌 읽기를 하기 위해서는 집착에서 벗어나 직관력을 사용해야 한다고 주장한다. 그녀는 편견과 이기심의 자동적 기계장치에서 벗어나 개개인의 독특함을 볼 수 있도록 '감각 너머로 필연을, 필연 너머로 질서를, 질서 너머로 신을'(*GG* 190) 읽어내는 '중첩된 읽기(superposed readings)'를 제안한다.[10)

　베이유는 참된 읽기의 전형으로 엘렉트라(Electra)[11)를 들고 있다. 엘렉트라는 강자인 아버지를 가졌지만 노예의 신분으로 하락해 오직 남동생에게만 희망을 걸고 있다가 한 젊은이로부터 동생이 죽었다는 소식을 듣게 된다. 그리하여 정녕 비통한 슬픔에 잠겨 있을 때 바로 그 젊은이가 자신의 친동생이라는 사실이 밝혀진다. 동생을 만나기를 그토록 간절히 갈망하던 엘렉트라가 정녕 바로 눈앞에 서 있는 남동생 그러나 동생의 모습과는 너무도 다른 모습을 하고 있는 젊은이 속에서 동생의 참모습을 알아보게 되는 것은 동생을 만날 수 있다는 모든 희망이 무너져 내리고 비통한 슬픔과 절망감에 빠져 자신도 목숨을 끊겠다고 결심한 순간이다. 동생과 삶에 대한 모든 애착과 집착이 끊어지고 좌절과 분노와 슬픔과 절망이 최고조에 달한 순간 동생은 엘렉트라 앞에 스스로 자신의 참모습을 드러낸다. 동생에 대한 엘렉트라의 진실한 사랑이 감추어져 있던 동생의 참모습을 드러나게 하는 것이다. 그 순간 엘렉트라에

---

10) 베이유는 이러한 다양한 읽기는 악이나 꿈에는 적용되지 않는다고 보았다. 범죄자들이 쉽사리 죄를 범하는 것은 가해자와 피해자라는 두 가지 입장만 생각하는 단순한 읽기에서 비롯되는 것이다(*GG* 63 참조).

11) 베이유는 소포클레스의 엘렉트라 얘기가 "저마다의 인생 도상에서 불행하다는 것이 무엇이라는 것을 알 기회를 가진 모든 사람들의 마음을 치는 탁월한 작품"이라고 평하고 있다(베이유, 『영혼』 199).

게는 기대치도 않았던 최상의 보상이 주어지게 된다. 이 이야기에서처럼 낯선 사람에게서 동생을 알아보고 '우주 속에서 신을'(GG 188) 알아보는 읽기는 평범한 감각으로는 습득되기 어려운 것이다. 이러한 읽기에는 필연적으로 모든 것이 떨어져 나가는 극도의 고통과 아픔이 수반된다. "죽은 오레스테스(Orestes)를 애통해하는 엘렉트라. 우리가 신이 존재하지 않는다고 생각하면서 신을 사랑할 때에 신은 자기 존재를 드러낼 것이다."(GG 61)

베이유는 개인을 덮고 있는 허상을 뚫고 각 사람의 참모습을 읽어내는 것을 '정의(justice)'로 간주한다. 「읽기」에서 베이유가 말하는 정의란 지금 내 옆에서 나와 함께 있는 사람이 내가 읽어내고 있는 것과는 전혀 '다른 무엇'(GG 188)이라는 사실을 받아들일 준비를 하는 것이다. 불의를 자행하는 사람들은 종종 이러한 정의로운 '읽기'에 실패한 사람들이다.[12) 베이유의 주장대로 착한 도둑의 기적이 가능할 수 있었던 것은 그가 신을 생각했기 때문이 아니라 바로 곁에 있는 이웃(예수 그리스도) 속에서 신을 알아보았기 때문이다. 그러나 베드로는 닭이 울기 전에 예수 그리스도에게서 신을 읽어내지 못했다(GG 189).

본서는 이러한 베이유의 '읽기' 철학을 기초로 머독의 초·중기의 작품인 『종 The Bell』과 『상당히 명예로운 패배 A Fairly Honourable Defeat』 그리고 그녀의 마지막 소설인 『잭슨의 딜레마 Jackson's Dilemma』에서 머독이 제시하는 정당한 타자읽기란 어떤 것인지를

---

12) '읽기'를 잘못한 사람에 관한 성서 구절을 참고할 것. "아버지, 저 사람들을 용서하여 주십시오. 그들은 자기가 한 일을 모르고 있습니다.", "너희를 죽이는 사람들이 그런 짓을 하고도 오히려 하느님을 섬기는 일이라고 생각할 때가 올 것이다."(베이유, 『중력』 210. 주(12)).

밝혀내는 데 목적이 있다.[13] 다음에서는 본 연구에서 집중적으로 논의하는 머독 소설에 영향을 끼친 베이유의 철학사상인 '주시', '공허', '중력과 은총', '퇴행', '탈 창조'를 살펴보기로 한다.


## 1. 주시(Attention)


베이유는 육체적, 정신적인 고통 속에서도 꼼짝하지 않고 변화하지 않는 사물들에 주의력을 고정시키는 '주시'의 훈련을 통해 진리[14]를 터득하고 더 나아가 신께 이끌리는 경지에 이르게 되었다. 베이유는 이 방법으로 '진리를 갈망하고 그것을 얻고자 끊임없이 집중적으로 노력한다면'(WG 64) 누구든지 진리에 이를 수 있다는 확신을 얻게 된 것이다. 베이유는 일상생활에서 마주치는 모든 사람과 사물, 학문과 진리, 더 나아가 기독교적 개념의 신과의 접촉을 가능케 하는 비결로 '주시'[15]를 제안한다. 베이유에 의하면 "주시란 우리의 사고를 일단 정지시키고 거기에 대상이 침투할 수 있도록 어떠한 편견도 없이 비워 두는 것이다."(WG 111) 베이유는 주시를 인간이 기울일 수 있는 어떤 노력보다도 위대한 노력으로 간주한다. 그러나 그것은 소극적인 노력이다. 왜냐하면 그것은 대

---

13) 본서는 포스트모더니즘에서 논의되는 타자성에 관한 철학적인 논쟁에 반론하거나 지지하는 것이 목적이 아니므로 그 이상은 본서의 한계를 벗어나는 것으로 본다.

14) 베이유는 진리라는 개념에 미, 덕, 모든 선을 포함시켰다(WG 64).

15) 여기서 머독이 말하는 베이유의 주시의 개념은 '개개인의 실재를 향한 공정한 사랑의 응시'로 사르트르가 말하는 타자를 향한 '시선(gaze)'과는 차별된다(SOG 34-5 참조).

상을 고요히 바라볼 수 있도록 모든 사고의 활동을 일단 정지시켜야 하기 때문이다. 그것은 "텅 빈 상태에서 기다리고 또 아무것도 추구하지 않으면서 거기에 침투해 들어올 대상을 적나라한 진리 속에"(WG 112) 받아들일 수 있는 준비를 하는 것이다.

베이유는 지성을 훈련시키는 방법으로 '주시하며 바라보는 것'(GG 174)을 제안한다. 그녀는 '주시'를 인간의 '의지'와는 상당히 다른 것으로 대별시킨다. 순수한 영감이나 사고에 있어서의 진실은 인간의 의지와는 무관한 것이다. 인간의 의지란 근육을 긴장시키는 운동에 지나지 않으며 얼마 후에는 곧 피곤을 느끼게 만드는 것이다. 그러나 지성의 연마는 그러한 근육운동으로는 가능치 않으며 내적인 갈망과 연결되어 있다는 것이다. 마음속으로 간절히 원하는 것은 근육을 긴장시키지 않는다. "덕을 행하려고, 시를 쓰려고 혹은 어떤 문제를 풀려고 근육을 긴장시키고 이를 악무는 것"(GG 169)은 어리석은 일이다. 주시는 그와는 다른 것이다.

베이유는 이 주시의 훈련을 통해 모든 비유와 상징을 이해하고 모든 학문과 진리에 도달할 수 있는 방법을 터득할 수 있다고 보았다. 그뿐 아니라 그녀는 실재하는 것과 환상적인 것을 구별하기 위해서도 이 방법을 적용하도록 권고한다. 단 주의할 것은 단순히 바라볼 뿐 집착해서는 안 된다는 점이다. 변화하는 것들 속에서도 여전히 변화하지 않는 것들에 시선을 고정시키면 환상은 사라지고 실재가 나타난다는 것이다. 베이유는 이 '드러나는 실재'를 볼 수 있도록 우리 자신을 텅 비우는 주시의 훈련을 지속할 것을 권유한다.

머독이 자주 사용하는 '주시'는 '개개인의 실재를 향한 공정하고 사랑스런 응시의 개념'(SOG 33)을 표현하기 위해 머독이 베이유에게서 차용한 어휘이다. 바이어트(Byatt)도 언급하듯이 '주시'는 "참으로 있는 그대로의 사물, 대상, 사람, 도덕적 상황을 바라보기 위한 끊임없는 새로운 시도"(Byatt, *Degrees* 299)다. 이런 의미에서 주시는 '의지적인, 사려 깊은, 이기심 없는 명상'이다. 머독은 이 주시의 방향이 자아로부터 벗어나 외부로 향해야 한다고 주장한다. 머독은 인간이란 본성적으로 무엇인가에 집착하기 마련이므로 평소에 습관적으로 어떤 대상을 바라보는가 하는 주시의 정도가 결정적 시기가 다가왔을 때 적절히 행동할 수 있는지의 여부를 판가름한다고 보았다. 따라서 주시의 특성을 중시하고 다양한 가치의 필요성을 주장하는 머독이 다음 성경구절을 가장 좋아하는 것도 같은 맥락에서 이해하여야 할 것이다. "여러분은 무엇이든지 참된 것과 고상한 것과 옳은 것과 순결한 것과 사랑스러운 것과 영예로운 것과 덕스럽고 칭찬할 만한 것들을 마음속에 품으십시오."[16](*SOG* 55)

　머독은 자기중심적 사고에서 벗어나 타자 중심의 진리로 나아갈 것을 촉구하면서 인간의 본질을 제대로 파악할 수 있는 더 풍부한 개념으로 주시의 필요성을 역설한다(*EM* 293). 머독은 이 주시를 한 개인의 실재성을 향한 공정하고도 사랑에 찬 시선으로 규정한다. 머독은 어떠한 편견도 섞이지 않은 가장 높은 단계의 순수한 주시는 곧 기도이며 종교적인 특성과도 결부된다고 보았다. 머독은 주시를 통해 저마다 독특하게 존재하는 타자를 읽어낼 수 있는 가능성을 그녀의 작품 속에 담아내었다.

---

16) 공동번역 신약성서 필립비서 4장 8절.

## 2. 공허(Void)

공허는 베이유의 사상을 특징짓는 가장 독특한 사고이다. 따라서 공허의 개념을 이해하는 것은 베이유의 사상을 이해하기 위한 필수적인 요소이다. 베이유는 『중력과 은총』에서 공허의 개념을 집중적으로 논하고 있다. 그러나 이 책에 기술된 베이유의 서술방식 자체가 체계적이라기보다는 자신의 명상을 간략하고도 함축적으로 기술하고 있으며 불필요한 설명을 철저히 배제하고 있어 독자들에게 혼동을 불러일으킬 만한 요소들을 지니고 있음을 먼저 숙지해야 할 것이다.[17] 베이유는 다음에서 영혼의 움직임을 기체 운동에 비유한다.

> 영혼은 기체와 마찬가지로 자기에게 주어진 공간을 완전히 채우려는 경향이 있다. 수축되는 기체, 빈 공간의 자리를 남겨 두는 기체가 있다면 그것은 엔트로피 법칙에 어긋나는 것일 것이다. 기독교인들의 신은 그와 같지 않다. 유대인의 여호와가 자연적인 신이라면 기독교인의 신은 초자연적인 신인 것이다.
> 자기가 갖고 있는 모든 힘을 사용하지 않는 것, 그것은 공허를 견디어 내는 것이다. 이것은 모든 자연법칙에 어긋나는 것이다. 오직 은총만이 그렇게 할 수 있다.
> 은총은 물론 빈 공간을 채우는 것이지만, 그것을 받아들이기 위한 빈 공간이 있는 곳에만 들어올 수 있다. 그 빈 공간을 만드는 것 역시 은총이다.

> Like a gas, the soul tends to fill the entire space which is given it. A

---

17) T. S. 엘리엇은 『영혼의 순례』의 머리말에서 『중력과 은총』은 그 내용이 실로 감탄할 만하지만, 그 형식은 약간 사람의 오해를 일으킬 종류의 것이라는 점을 언급하고 있다. 발췌가 갖는 단편적인 성격은 깊은 통찰력과 독창성을 보여주고 있지만 그녀의 번뜩이는 영감은 암시적으로만 나타나고 있다(베이유, 『영혼』 12 참조).

gas which contracted, leaving a vacuum, this would be contrary to the law
of entropy. It is not so with the God of the Christians. He is a
*supernatural* God, whereas Jehovah is a *natural* God.

Not to exercise all the power at one's disposal is to endure the void.
This is contrary to all the laws of nature. Grace alone can do it.

Grace fills empty spaces, but it can only enter where there is a void to
receive it, and it is a grace itself which makes this void(*GG* 55).

베이유는 인간의 영혼이 기체와 유사한 속성을 지니고 있다고
보았다. 기체는 모든 물리적인 빈 틈, 빈 공간에 스며들기 마련이
다. 따라서 빈 공간을 빈 채로 남겨두는 것은 자연적인 현상으로
는 사실상 불가능한 것이다. 세상에 존재하는 모든 물리적인 빈
공간이 기체로 채워지듯이 인간은 온갖 상상력을 동원하여 영혼의
빈 공간을 채우며 '은총이 들어올 만한 틈을 메워 버리기 위해
서'(*GG* 62) 기계처럼 끊임없이 상상력을 작동시킨다는 것이다. 마
음이나 정신의 빈 공간을 채우기 위해 끊임없이 상상력을 발휘하
는 한 인간은 이 '공허'를 체험할 수 없다. 그리고 자연적인 방법
으로는 그 어떤 것도 인간의 상상력을 정지시킬 수 없다. 베이유
는 초자연적인 힘인 '은총'[18]만이 인간의 자연적, 기계적 활동인
상상력을 정지시킬 수 있다고 보았다.

---

18) 신이 인간에게 주는 은혜, 신의 무상의 선물, 성총이라고도 한다. 은총은 "본래 은혜
를 받을 가치가 없는 죄 있는 인간이 신으로부터 베풂을 받는 연민과 사랑을 말한다.
<무상의 은혜(gratia gratis data)>라는 아우구스티누스(Augustinus)의 말은 이 은총의
본질을 잘 나타내고 있다."(강영선 862)

## 1) 공허와 상상력

상상력을 발휘해 삶의 빈자리를 채우려는 인간의 모든 시도는 공허를 두려워하는 현상이다. 베이유에 따르면 상상력은 본질적으로 균형을 찾고자 하는 인간의 욕망에서 비롯된 것이다. 인간은 어떤 것을 잃거나 빼앗기거나 실패나 좌절, 극도의 불안이나 슬픔을 경험하게 될 때 그로 인해 생겨나는 공허를 빈 채로 견디지 못한다. 왜냐하면 인간은 그러한 공허를 통해 인정적으로 유지해 오던 모든 균형을 상실하기 때문이다. 이러한 공허의 체험은 인간에게 자연스럽지 않은 것이다. 따라서 인간은 균형을 유지하기 위해 '그와 같은 무게의 다른 평형추'를 필요로 하게 된다. 베이유에 따르면 "모든 공허는(그것이 받아들여지지 않을 때) 증오, 쓰라림, 고뇌, 원한을 낳는다. 어떤 것을 증오하게 되면 우리는 그것에 재난이 닥치기를 바라고, 그렇게 상상함으로써 다시 균형을 회복한다."(*GG* 62) 그러나 베이유는 이렇게 해서 찾게 되는 평형추는 거짓에 불과하다고 보았다. 왜냐하면 '공허'를 채워주는 상상력은 근본적으로 거짓된 것이기 때문이다. 따라서 베이유는 공허를 채워주는 어떤 상상력도 정지시켜야 한다고 충고한다.

## 2) 공허의 수용

인간은 어떤 일을 성취한 후에 혹은 어떤 일을 성취하지 못했을 때 생겨나는 결핍상태를 빈 채로 견디지 못하며 온갖 상상력을 동원해서라도 그 빈 공간을 채우려 한다. 이것은 인간에게는 극히 자연스러운 현상이다. 그러나 자기가 지니고 있는 모든 힘을 다 사용하지 않고 빈 공간을 빈 채로 남겨놓은 것은 인간에게는 부자연스러운 현상이다. 빈 공간의 진공을 견디어 냄으로써 공허를 받아들이는 것은 자연법칙을 거스르는 것이다. 앞서 언급했듯이 오직 은총만이 이것을 가능케 할 수 있다. 그러나 기체가 빈 공간에만 스며들 수 있는 것과 마찬가지로 은총 역시 "그것을 받아들이기 위한 빈 공간이 있는 곳에만 들어올 수 있다. 그 빈자리 공허를 만드는 것 역시 은총이다."(*GG* 55) 인간이 보상을 바라는 것은 자기가 남에게 줌으로써 생겨난 심리적·물리적 텅 빈 공간을 다른 것으로 채우고자 하는 욕망에서 비롯된 것으로 자신의 빈 공간을 채우려는 시도이다. 그러나 이 보상을 받고자 하는 "욕구를 억누르고 빈 공간을 남겨두게 되면, 공기가 흡입되는 것과 같은 일이 생겨나 초자연의 보상이 찾아오게 된다."(*GG* 55)

베이유는 이러한 초자연적인 보상은 다른 보상으로 채워졌을 때는 주어지지 않는다고 보았다. 비어 있는 공허가 있어야 초자연적인 보상이 주어진다는 것이다(*GG* 55). 그러나 우리는 그 공허를 찾아서도 안 되며 또한 그 공허를 피해서도 안 된다고 베이유는 충고한다. 왜냐하면 공허를 찾는다는 것은 '신을 시험하는 것'(*GG* 68)이며 공허를 피한다는 것은 신이 찾아들 수 있는 공간을 차단시키기 때문이라는 것이다. 따라서 베이유는 공허가 인간에게 가져다줄 유익과 해로움의 두 가지 측면을 동시에 언급한다. 인간은 공허의 경험을 통해 자기 안에 있는 모든 것을 끄집어내는 고통스러운 작업인 '영혼의 어둔 밤'을 겪게 되며 그것이 은총으로 채워질 때 '최상의 충만'을 경험하게 된다. 아울러 공허는 인간으로 하여금 죄를 짓게 하는 빈틈이기도 하다(GG 69).

베이유는 악의 전가, 고통의 전이, 타인에게 해를 끼치는 것, 보복하려는 욕망, 칭찬과 동정과 위로를 받고 싶은 욕망, 어떤 특정한 대상에 집착하는 것 등 일련의 현상들을 공허를 두려워하는 현상으로 간주한다. 베이유에게 '진리를 사랑한다는 것은 공허를 견디어 내는 것, 곧 죽음을 받아들이는 것을 의미'(GG 56)한다. 일단 공허가 무엇인지 그 속성을 이해하게 되면, 우리가 해야 하는 일은 분명해진다. 집착하는 모든 대상에서 한 발 물러서는 것이다. 그리고 빈 채로 기다리는 것이다. 베이유는 이 빈 상태, 즉 공허에 우리의 주의를 고정시키도록 충고한다. 그 이유는 "우리가 상상할 수도 정의할 수도 없는 그 선은 우리에게는 텅 빈 공허"(GG 58)로 나타나기 때문이다. 베이유는 이 공허를 '어떤 충만함보다도 더 가득한 상태'(GG 58)라고 보았다.

머독은 베이유의 『노트 The Notebooks』에 관한 서평 「공허를 알기 Knowing the Void」에서, 베이유가 철학자로서 독특한 유형에 속한다는 것을 인정하고 있다. 머독은 베이유의 『노트』가 비록 체계 없이 단편적으로 서술되긴 했지만 그녀 자신의 개인적인 경험을 철학과 연결시키기 위해 정열적인 노력을 기울인 책이라는 점을 높이 평가하고 있다. 머독은 베이유의 독특한 사고 중의 하나로 '공허'를 들고 있다.

> 그녀(베이유)의 '공허'의 개념은, 초연함을 획득하는 데서 경험되는 것으로 대중적 실존주의의 불안과는 다르다. 그러한 불안은 흔히 주어진 환경이 인간에게 부여할 수 있는 그 무엇으로 간주되지만, 공허의 체험은 영적인 획득이며, 상상의 조절, 즉 '균형의 회복'을 포함한다. 영적인 진보는 명상을 통해서 얻어진다. 이러한 견해는 행위와 선택을 지나치게 강조하면서, '내적인 삶'을 무시하는 당대의 영국 윤리학과는 대조되는(혹자에게는 기꺼이 수용된 개정) 것이다.…… 그러나 시몬느 베이유는 '기다림'31과 '주시'를 강조한다. '우리는 더 이상 선택할 수 없는 그러한 지점에 주의를 기울여야만 한다.'

> Her concept of 'the void', which must be experienced in the achieving of detachment, differs from the Angst of popular existentialism, in that Angst is usually thought of as something which circumstances may force upon a man, whereas experience of the void is a spiritual achievement, involving the control of the imagination, that 'restorer of balances.' Spiritual progress is won through meditation: a view which is a contrast(and some may think a welcome corrective) to contemporary English ethics with its exclusive emphasis on act and choice, and its neglect of the 'inner life.'…… But Simone Weil emphasizes 'waiting' and 'attention' 'We should pay attention to such a point that we no longer have the choice.'("Knowing the Void", *EM* 159)

이처럼 머독은 명상을 통해서 '영적인 진보'를 이룰 수 있다고 주장하는 베이유의 독특한 견해는 '행위와 선택'을 지나치게 강조하면서 인간의 내적인 삶을 무시하는 당대의 영국 윤리학과는 대조를 이루는 견해라고 진단한다. 머독은 영국의 현대윤리학은 현대 영국철학과 대중적 실존주의와 같은 맥락에 있다고 보았다. 현대철학과 대조적인 견해를 지닌 베이유의 독특한 사고는 머독이 당대의 사상을 지배하던 실존주의로부터 벗어나 독특한 노선을 굳히는 데 결정적인 영향을 미쳤다.

베이유는 인간이 선을 향해 나아가고자 할 때 한계상황에서 필연적으로 접하게 되는 공허를 견디면서 그것을 뚫고 들어가 신을 만날 것인지, 아니면 자연적 법칙인 중력을 받아 정신적으로 다시 하강할 것인지의 중간지점에 인간은 놓여 있다고 보았다. 이 중간지점에서 초자연의 세계로의 진입과정에 필연적으로 겪게 되는 공허와의 만남은, 플라톤이 말하는 동굴을 벗어나 태양을 바라보는 것이며, 초자연적인 실상의 세계로의 진입이다. 베이유는 자연적인 것과 초자연적인 것, 물질적인 것과 영적인 것, 보이는 것과 보이지 않는 것 사이의 균형을 공허를 통해서 이룰 수 있는 것으로 보았다. 베이유가 주시의 훈련과 명상을 통해 공허를 발견하고 이 공허를 정신적인 균형점으로 제시한 것은 신비가로서의 그녀의 독특한 입지를 굳히는 초석이다.

## 3. 중력과 은총(Gravity and Grace)

베이유는 『중력과 은총』에서 세상을 지배하는 힘을 크게 '중력'과 '은총'으로 대비시킨다. 베이유가 말하는 중력은 초자연적인 힘인 은총과 대비되는 개념으로 인간의 기계적인 행동양식을 결정하는 힘의 법칙이다.

영혼의 모든 자연스러운 움직임은 물질적인 중력의 법칙과 유사한 어떤 법칙들에 의해 지배된다. 단지 은총만이 그 예외가 된다.

초자연이 개입되는 경우를 제외하고, 모든 일들은 중력에 따라 진행된다는 것을 우리는 언제나 예기해야 한다.

All The natural movements of the soul are controlled by laws analogous to those of physical gravity. Grace is the only exception.

We must always expect things to happen in conformity with the laws of gravity, unless there is supernatural intervention(*GG* 45).

베이유는 악의 확장, 고통의 전가, 보복의 욕망, 선행 후에 느끼는 자기만족 등 인간의 정신적인 에너지를 타락시키는 모든 현상과 더 높은 가치를 향해 상승하지 못하도록 인간을 밑으로 끌어당기는 모든 자연적인 현상을 중력의 법칙으로 설명한다. 베이유는 자연을 지배하는 중력의 법칙을 정신의 하강작용과 결부시키며, 초자연적인 힘인 은총을 정신의 상승작용과 결부시킨다. 자연법칙인 중력을 벗어나 한결같이 선을 추구하는 것은 인간에게는 자연스러운 현상이 아니다. 따라서 중력에 역행하기 위해서는 중력을 견딜 수 있는 초자연적인 힘이 필요하다. 베이유가 질서에서 무질서로 향하는 엔트로피 법칙[19]과 중력의 법칙이 인간관계와 정신작용에도 영향을 미친다고 설명한 것은 앞으로 논하게 될 머독 소설의 등장인물들이 타자읽기에 실패하는 원인에 대한 적절한 설명이 될 것이다.

---

19) 열역학의 법칙에는 제1법칙과 제2법칙이 있는데, 제1법칙은 "우주에 있어서의 물질과 에너지의 총화는 일정하여 결코 더 이상 조성되거나 소멸되는 일이 없으며, 또한 변화하는 것은 형태뿐이고 본질은 변치 않는다."는 유명한 '에너지 보존의 법칙'이다. 그리고 열역학의 제2법칙, 즉 엔트로피의 법칙은 "물질과 에너지는 하나의 방향으로만 혹은 이용이 가능한 것에서 이용이 불가능한 것으로 또는 질서 있는 것에서 무질서한 것으로 변화한다."는 것이다(리프킨 25). 열역학의 제2의 법칙에 따르면 엔트로피는 증가한다. 증가된 엔트로피를 향한 자연적인 움직임에 반대로 작용하려면 에너지가 추가되어야 한다. 베이유는 이것과 조화를 맞추어 『중력과 은총』에서 영혼의 모든 자연스러운 움직임을 물질적인 중력의 법칙과 관련해 설명한다.

## 4. 퇴행(Retrogression)

베이유는 선을 추구하다가 부딪치는 혹독한 상황에서 중력을 받아 다시 퇴행하게 되는 현상을 에너지의 한계로 설명한다. 다음에서 퇴행의 요인을 살펴본다.

너무 혹독한 상황이 사람을 격하시키게 되는 것은 고귀한 감정들이 공급해 주는 에너지는 일반적으로 한계가 있기 때문이다. 만일 이러한 한계보다도 더 멀리 가야만 하는 상황이라면 우리는 고귀한 감정보다 더 많은 에너지를 갖고 있는 저급한 감정들(두려움, 탐욕 혹은 기록을 세우거나 외적인 명예를 얻으려는 마음)의 도움을 받아야 한다. 이러한 한계가 바로 수많은 상황이 퇴행하는 요인이 된다.

A situation which is too hard degrades us through the following process: As a general rule, the energy supplied by higher emotions is limited. If the situation requires us to go beyond this limit we have to fall back on lower feelings(fears, covetousness, desire for record－breaking, outward honors) which are richer in energy. This limitation is the key to many a retrogression(*GG* 52).

베이유는 어떤 것을 추구하다 겪게 되는 혹독한 상황에서 앞으로 더 나아가지 못하고 온갖 상상으로 공허를 채움으로써 다시 추락하게 되는 퇴행의 요인을 에너지의 한계 상황으로 설명한다. 베이유는 무엇에나 한계가 있으며 초자연적인 도움 없이는 그 한계를 극복할 수 없고, 혹시 극복한다 하더라도 극히 미흡하다고 보았다. 인간은 "단지 섬광과도 같은 짧은 순간에만 이 세상의 법칙들로부터 벗어날 수 있고"(*GG* 56) 그 후 그 대가로 무시무시한 타락을 겪게 된다는 것이다. 이러한 퇴행현상은 머독 소설의 등장인물들이 정당한 읽기에 실패함으로써 균형을 잃고 추락하는 원인을 규명해 줄 수 있는 중요한 개념이다.

## 5. 탈 창조(Decreation)

탈 창조란 '나'라고 하는 자아의 단단한 껍질을 벗어버리고 스스로 존재하기를 그치는 것이다. 그렇게 함으로써 참으로 있는 것, 즉 실재와 하나가 되는 것이다. 달리 말하자면 그것은 신[20]의 사랑에로의 회귀이다. 이기적인 자아의 환영을 깨고 밖으로 나와 빛을 보는 것이며 그 빛 속에서 실재를 자각하고 사랑을 회복하는 것이다. 베이유가 주장하듯이 인간은 "거꾸로 태어나서 거꾸로 살아간다."(*GG* 81) 따라서 우리 안의 질서를 회복하기 위해서는 '우리들 속에서 피조물을 부서뜨리는'(*GG* 81) 작업, 즉 모든 것을 거꾸로 뒤집는 작업이 우선되어야 한다. 그것은 객관성과 주관성, 긍정과 부정, 높은 것과 낮은 것을 뒤집는 것이며 곧 회심이다. 왜냐

---

20) 베이유는 사춘기에 이르렀을 때, 신의 문제는 지상에서 다룰 수 없는 것으로 여겼다. 그녀는 최악의 그릇된 결론에 이르지 않으려면 '신의 문제를 그대로 방치해야' 한다고 생각했다. 그녀는 "이 세상과 삶의 문제들에 관하여 신이라는 그 개념이 제 생각의 일부를 차지하는 것은 결코 아닙니다. 그렇지만, 분명하고 매우 특별한 개념들에 있어서는 기독교적인 개념을 같이 믿었지요. 그러한 개념들의 일부는 제가 기억할 수 있는 한, 제 견해의 일부가 되었습니다."(WG 62-3)라고 언급하고 있다. 베이유는 교회와 세상의 중간선상인 문턱에 서 있는 것이 자신에 대한 신의 뜻이라는 확신에서 가톨릭의 입교식인 영세를 거부했다. 그러나 가난, 이웃에 대한 사랑, 순결 등 기독교적인 사상을 수용하고 '신의 뜻에 관계된 모든 것을 받아들이는 것'을 자신의 의무 중 가장 중요한 의무로 받아들여 '그 의무를 다하지 못하면 자신을 모독하는 것이라고'(WG 65) 생각했다고 기술하고 있다.

하면 인간은 '죄 속에서 태어나서 그 속에서 살아가기 때문이다.'(*GG* 81) 이 뒤집기는 필연적으로 해체를 동반하지만, 그것이 파괴는 아니다. 베이유는 다음에서 '탈 창조'와 '파괴'를 엄격히 구별한다.

> 탈 창조: 창조된 것을 창조되지 않은 것으로 바꾸기.
> 파괴: 창조된 것을 무로 바꾸기. 파괴는 비난받을 만한 탈 창조의 대용품이다.

> Decreation: To make something created pass into the uncreated.
> Destruction: To make something created pass into nothingness. A blameworthy substitute for decreation(*GG* 78).

탈 창조에는 반드시 포기가 수반된다. 그러나 이 '포기'는 '파괴'와는 다른 것이다. 따라서 베이유가 말하는 '탈 창조'는 모든 것을 허물어 '무'로 만드는 것이 아니다. 탈 창조는 죽음을 통해 이루어지는 새로운 창조이다. 그것은 파괴와는 그 속성이 전혀 다른 변형인 것이다. 베이유는 이 탈 창조의 개념을 설명하기 위해 밀알의 비유를 예로 든다. 밀알의 비유에서 알 수 있듯이 참된 관계를 형성할 수 있는 자유로운 에너지를 소유하기 위하여 죽음은 필수적인 요소가 된다(*GG* 81).

베이유가 정의하는 죽음은 '영원에 이르기 위하여 필요 불가결한 것'(*GG* 84)이다. 따라서 베이유는 죽음의 가치를 소용없게 만드는 불멸성에 대한 종교적인 믿음을 해로운 것으로 간주한다. 왜냐하면 불멸성을 믿는다는 것은 사실상 생명이 끊임없이 연장된다고 믿는 것인데, 그러한 믿음은 죽음이 인간에게 가져다줄 효용성을 헛되게 만들기 때문이다. 베이유는 공허를 채워주고 인간의 고

뇌를 완화시켜 주는 것, 즉 사람들이 종교에서 얻을 수 있는 온갖 위로를 물리치도록 권고한다. 왜냐하면 그런 것들은 우리가 공허에 이르는 길을 차단시키기 때문이다.

우리 자신을 탈 창조해야 할 절실한 필요성은 인간에게는 '상상적 신성'(GG 79), 즉 거짓 신성이 주어졌다고 보는 베이유의 시각에서 비롯된다. 그녀에 따르면 우리가 '상상적 신성'을 벗어버리는 것은 신이 창조 때 신성을 벗어버린 것, 즉 포기했던 것을 모방하는 것이다. "어떤 의미로는 신은 모든 것이기를 포기한다. 우리는 무엇인가를 포기해야 한다."(GG 79) 베이유는 이러한 포기를 우리가 할 수 있는 유일한 선으로 보았다.

베이유는 신의 창조행위를 '자기 확대'의 행위가 아닌 '근신과 포기'의 행위로 보았으며(WG 145) '신이 완전히 사라진 이 세계가 바로 신 그 자체'(GG 162)라고 보았다. 따라서 그녀에 따르면 신이 세상에 나타나는 방식은 '부재(absence)'이다. 신의 부재는 인간에 대한 신의 사랑의 표시이다. 즉 신의 부재는 인간과 세상에 대한 신의 사랑의 충만함이다. 베이유는 신에 대한 독특한 명상을 통해 신의 부재와 삶에서 부딪히는 필연, 고통 등을 새로운 시각에서 조명하고 있다. 베이유는 '어쩔 수 없는 필연, 비참함, 곤궁, 지쳐 메마르게 하는 노동과 또 결핍의 짓누르는 무게, 잔인함, 고문과 같은 괴로움, 비명의 죽음, 강제, 공포, 질병들'(GG 78)을 신의 사랑으로 간주한다. 왜냐하면 신은 우리들로부터 물러섬으로써 우리를 사랑한다고 보았기 때문이다. 만일 신이 우리를 직접적으로 사랑한다면 우리는 강렬한 빛을 받은 물처럼 증발되어 버릴 것이다(GG 78). 그렇게 되면 우리는 존재할 수조차 없으며 신을 위해 포기할 수 있는 '나'조차도 우리에게는 남아 있지 않을 것이라고 베이유는 생각한다.

우리가 존재하기를 그친다는 것은 '나'를 포기하는 것이다. 그것은 "자기 자신을 뿌리째 뽑아버림으로써 더 큰 실재를 추구하는 것이다."(GG 86) 이것은 겸손이며 신 앞에서 스스로 낮추는 것이다. 이렇게 우리는 '우리 자신을 탈 창조함으로써 이 세계의 창조에 참여'(GG 80)하게 된다. 참으로 실재하는 것을 발견하고 그 속에서 머물기 위해서 우리는 '무(nothing)'가 되어야 한다(GG 82). 베이유는 이 사실을 알고 우리가 아무것도 아니라는 것을 이해하게 되면, '무'가 되는 것이 우리가 기울여야 할 모든 노력의 목표가 된다고 보았다.

위에서 살펴본 베이유의 사상은 머독 철학에 지대한 영향을 미친 것으로 보인다.21) 「다른 개념들을 지배하는 절대선 The Sovereignty of Good over Other Concepts」에서 머독은 플라톤을 다시 쓰고 있는데22) 거기에서 베이유의 탈 창조 개념을 엿볼 수 있다.23) 머독

---

21) 1950년대에 머독은 시몬느 베이유의 글을 읽기 시작했다. 머독은 베이유의 글에서 볼 수 있는 "정열적인 플라톤 철학, 폭넓고 심오한 지적인 이해, 신과 그리스어 등등에 관한 비감상적인 명쾌한 사고, 명확한 빛, 동양철학에 관한 그녀의 관심."(Griffin 58에서 재인용)에 경탄한다. 피터 콘라디(Peter J. Conradi)는 머독이 "사르트르와 달리 인간존재와 바깥세상을 감상적으로 다루지 않고 철저하게 노출시킬 수 있었던 것은 베이유의 힘"이라고 주장한다(Saint 13).

22) 머독은 베이유의 글들을 읽으면서 플라톤을 이해하는 새로운 시각을 지니게 된 것 같다. 머독은 옥스퍼드 학창시절에 베이유의 글을 읽었던 것이 그녀에게 대단히 커다란 영향을 미쳤음을 진술하고 있다. 머독은 베이유를 접하게 된 이후로 플라톤에 관한 관심을 늘려 나갔고 플라톤을 다시 읽게 되었다고 진술한다(EM x x vii).

23) 머독뿐 아니라 현대 프랑스 철학자들, 그중에서도 특히 임마누엘 레비나스(Emmanuel Levinas)와 장 - 뤽 마리옹(Jean - Luc Marion)은 플라톤이 남긴 유산을 다시 읽고 다시 생각했다. 특히 플라톤에 관한 레비나스의 직관은 머독이 플라톤을 읽는 것과 대단히 유사하다. 레비나스는 플라톤이 전체주의를 깨뜨리고 영원성에 눈뜨도록 사람들을 이끈다고 보았다. 여기서 말하는 전체주의는 일부 플라톤주의자들에게서 논의되는 전체주의

이 플라톤을 다시 쓰는 시도는 전통적인 종교적 신념의 상실에 대해 작가로서 철학자로서 적절한 해결책을 추구해야 할 필요성을 절감했기 때문인 것으로 보인다.

머독은 플라톤의 동굴의 우화[24]에서 죄수가 동굴 밖으로 나오기 위해서는 우선 자세를 뒤로 돌리는 '재정립'과 '거슬러 오름'(EM 376)의 과정이 수반되어야 하며 태양을 보게 되는 것은 긴 여정의 끝에야 가능한 것으로 보았다. 동굴 밖으로 나오려는 죄수들에게 필연적으로 요구되는 재정립과 거슬러 오름과 같은 정신적인 각성은 베이유가 말하는 '탈 창조'와 관련해 생각해 볼 수 있다. 이러한 정신적인 각성은 중력을 거스르는 것이다. 그러나 머독 소설에 등장하는 인물들은 대부분 중력을 저항하는 일에 실패하는 인물들이다. 지금까지 베이유를 이해하는 데 도움이 되는 핵심사상인 주시, 공허, 중력과 은총, 퇴행과 탈 창조의 개념을 살펴보고 그러한 사상들이 머독 사유에 어떠한 영향을 미쳤는지 간략히 살펴보았다.

다음에서는 베이유의 이러한 사상들이 머독의 소설 속에 어떻게

---

뿐 아니라, 특히 위대한 신-플라톤주의자인 헤겔(Hegel)의 전체주의(totality)까지도 포함한다. 레비나스의 '플라톤에 관한 하이데거의 비평'은 머독의 사르트르에 관한 비평과도 매우 흡사하다(Tracy 56).

24) 머독은 이 우화가 '미혹시키는 예배의 이미지'를 보여준다고 언급한다. 동굴 속에서 어려서부터 발과 목이 쇠사슬에 묶여 있는 죄수들은 처음에는 불 앞에 있는 물체들이 벽에 비쳐진 그림자를 유일한 실재라고 믿게 된다. 쇠사슬을 풀고 돌아서는 두 번째 단계에서, 죄수들은 동굴을 벗어나기 위해 거쳐야만 하는 동굴 속의 불 자체를 보게 된다. 머독은 이 불을 '낡은, 갱생하지 않은' 인간의 자아로 간주한다. 이 단계에서 죄수들은 그동안 실재라고 믿었던 사물들이 그림자였다는 것을 깨닫고 일종의 '자아 인식'을 얻게 된다. 그러나 이 단계에서 그들은 더 보아야 할 다른 어떤 것들이 있다고는 생각하지 않는다(SOG 98 참조). 어두운 동굴에서 밝은 곳으로 나오는 세 번째 단계에서 그들은 실재세계를 보게 되며, 마지막 단계에서 모든 빛의 원천인 해를 보게 된다. 마침내 해를 보게 된 사람은 좋은 소식을 가지고 동굴로 돌아가지만 동료 죄수들은 그의 말을 믿지 않을 뿐 아니라 자신들을 풀어주고 위쪽으로 이끌어 가려는 사람을 붙잡아 죽이려고 하게 된다(Plato, *The Republic* 240-43 참조).

드러나고 있는지를 타자읽기라는 주제로 살펴볼 것이다. 제2장에서는 머독의 『종』에서 우선 종의 상징과 옛 종에 얽힌 전설을 읽는 방식에 따라 그러한 읽기가 삶에 미치는 영향을 도라의 읽기와 캐더린의 읽기로 나누어 살펴볼 것이다. 그 다음으로는 타자읽기가 퇴행에 미치는 영향을 마이클의 동성애와 관련해 살펴보고 주인공인 마이클과 도라에게서 나타나는 공허를 집중 분석함으로써 공허의 의미를 좀 더 분명히 밝히고 머독이 제시하는 공허를 통한 타자읽기 살펴볼 것이다.

제3장에서는 머독의 중기 작품에 속하는 『상당히 명예로운 패배』에서 베이유가 제시하는 '노예'와 '정복'의 읽기 개념을 중심으로 등장인물들에게서 나타나는 타자읽기의 유형을 살펴보고, 주인공 탤리스를 통해 머독이 제시하는 차별화된 타자읽기를 살펴볼 것이다. 아울러 패쇄적인 자아에 사로잡혀 있던 등장인물들이 이기적인 환상에서 벗어나 전과는 다른 시각에서 타자를 인식하는 과정을 베이유가 말하는 탈 창조 개념과 관련해 살펴볼 것이다.

제4장에서는 머독의 마지막 소설인 『잭슨의 딜레마』를 통해 그녀의 마지막 소설에서조차도 주시와 같은 베이유의 핵심 사상이 뚜렷하게 드러나고 있음을 밝히고 머독이 사랑과 주시를 통한 타자읽기를 어떻게 묘사하고 있는지 살펴보고자 한다.

# II

# 『종』: 공허를 통한 타자읽기

머독이 1958년에 발표한 『종』은 영국문학사에서 그녀의 위치를 더욱 확고하게 해 준 작품이다. 1987년 사가레(Sagare)와의 인터뷰에서 머독은 초기 소설 중에서 그녀가 가장 좋아하는 유일한 소설은 『종』이며 "참으로 가치 있는 어떤 것을 이루어 낸 첫 번째 소설"(703)이라고 언급한 바 있다. 머독이 그렇게 생각하는 이유는 『종』의 등장인물들이 제각기 다양한 방식으로 존재하며 머독이 중시하는 개개인의 독자성이 충분히 살아나고 있기 때문인 것 같다.

『종』은 세 명의 주요 등장인물인 도라 그린필드(Dora Greenfield)와 마이클 미드(Michael Mead), 토비 거쉬(Toby Gashe)의 성적, 심미적, 종교적 열정과 혼란이 미묘하게 분석된 사실주의를 시도한 매우 성공적인 소설이다(Bloom 90). 특히 이 소설의 주인공인 마이클은 종교적인 환상에 사로잡혀 현실을 직시하지 못하는 대표적인 인물이다. 임버(Imber)라는 독특한 무대 위에서 종을 중심으로 벌어지는 2주간의 이야기는 베이유의 '중력'과 '공허'의 개념을 살펴보고 공허를 통해 드러나는 타자읽기를 분석하기에 가장 적합한 소설로 보인다.

앞에서 이미 언급한 베이유의 공허는 선에 이르는 과정 중에 반드시 접하게 되는 것으로 자연적인 것과 초자연적인 것, 중력과 은총, 보이는 것과 보이지 않는 것, 이기심과 이타심, 정신적인 하락과 정신적인 상승 사이에 균형을 가져다주는 '빈 상태'이다. 베이유는 이러한 공허가 주시의 대상이 되어야 한다고 보고 공허를 견디고 주시함으로써 중력과 대비되는 초자연적인 지식에 이르는 힘을 얻게 된다고 보았다. 다음에서 볼 수 있듯이 베이유가 공허의 중요성을 역설하는 이유는 그것이 선에 도달할 수 있는 고급 에너지와 직결된다고 보기 때문이다.

> 자기 자신의 내부에 공허를 받아들이는 것은 초자연적인 일이다. 상환 물이 없는 행동을 하기 위한 에너지를 어디에서 찾아낼 수 있는가? 에너지는 다른 것으로부터 와야 한다. 그러나 무엇보다도 마음속의 모든 것을 끄집어내는 일, 무언가 절박한 일이 일어나야 한다. 즉 공허가 만들어져야 하는 것이다. 공허 – 어두운 밤. 칭찬과 동정(특히 이 두 가지가 섞인 것)은 실제의 에너지를 제공한다. 그렇지만 우리는 칭찬과 동정 없이 지내도록 해야 한다. 자연적인 것이든 초자연적인 것이든 보상 없는 시간을 가져야 한다.

> To accept a void in ourselves is supernatural. Where is the energy to be found for an act which has nothing to counterbalance it? The energy has to come from elsewhere. Yet first there must be a tearing out, something desperate has to take place, the void must be created. Void: the dark night. Admiration, pity(most of all a mixture of the two) bring real energy. But this we must do without. A time has to be gone through without any reward, natural or supernatural(*GG* 56).

베이유는 공허를 견디는 것은 자연스럽지 않은 현상이지만, 그 공허를 다른 보상으로 채우지 않고 빈 채로 견딜 때 뜻하지 않은 방법으로 찾아오는 초자연적인 보상을 얻을 수 있다고 보았다. 그러나 대부분의 사람들이 공허를 견디지 못하고 중력에 떨어지는 이유는 표면적인 보상에 집착하기 때문이다. 머독 소설에 나오는 등장인물들 중 대부분은 삶에서 접하게 되는 공허의 순간을 견디지 못하고 중력을 받아 추락하는 것으로 묘사되고 있다. 이것은 "어떤 종교나 사상도 자아의 대치물에 의해 타락할 수 있다."(*SOG* 98)는 머독의 생각을 보여준다. 여기서 다루고자 하는 『종』은 이러한 인간내면의 갈등과 실패를 탁월하게 묘사하고 있으며 공허를 통해 드러나는 타자읽기의 새로운 가능성을 암시하고 있다.

『종』의 배경은 그 자체가 매우 독특하다. 머독은 『종』의 배경을 수녀원과 속세의 중간지대인 영국의 분도(Benedictine) 수녀원 부속의 평신도 신앙공동체로 설정한다. 이 임버 평신도 신앙 공동체는 원장수녀의 제안으로 시작된 것이다. 원장수녀는 기계적이고 물질적인 시대에 살아가고 있는 현대인들의 정신적인 궁핍함과 황폐함을 직시하고 그들의 굶주림을 채워줄 수 있는 실질적인 방안을 마이클에게 제안한다. 이런 일에 적합한 사람은 종교세계에 완전히 귀의한 성직자들보다는 오히려 평신도인 것이다. 따라서 원장수녀는 마이클에게 세속에 살면서 종교적인 열의로 가득 차 있는 사람들을 위한 안식처로 임버 공동체를 운영해 보도록 권고한다. 임버 공동체는 이러한 목적으로 출범된다. 머독은 임버를 배경으로 그녀의 소설관을 펼쳐 나간다.

여기서 머독은 옛 종과 새 종에 얽힌 사건을 소설의 초반부와 종반부에 둠으로써 소설 전체의 플롯을 떠받치고 있는 두 개의 거대한 기둥처럼 배치한다. 이 소설에서 옛 종과 새 종은 오빠인 니크 폴리(Nick Fawley)와 여동생인 캐더린 폴리(Catherine Fawley)처럼 쌍둥이의 이미지로 등장한다. '범죄자'로 취급되는 니크와 '성녀'로 취급되는 캐더린이 전혀 다른 이미지를 지니고 있듯이 옛 종과 새 종도 상반되는 이미지를 지니고 있다. 따라서 종은 중력과 은총, 육적인 것과 영적인 것, 세속적인 것과 거룩한 것, 죽음과 부활, 심판과 구원, 어두운 것과 밝은 것, 불결한 것과 순결한 것 등 상반되는 가치를 상징한다고 볼 수 있다.

임버 신앙 공동체의 지도자격인 제임스 테이퍼 페이스(James Tayper Pace)와 마이클은 그들의 설교에서 종의 의미를 각각 다르게 설명한다. 제임스는 신앙에서 요구되는 단순성을 다음과 같이 종의 이미지와 관련짓는다. "기계장치가 되어 있는 것도 아니며 모든 것은 쉽고 분명합니다. 그것(종)은 움직이는 순간 울리지 않으면 안 됩니다."(B 135) 제임스는 종의 단순성을 역설하며 종의 이미지를 순결, 진실, 소박, 지혜와 결부시킨다. 동시에 그는 종의 이미지를 머지않아 곧 수녀원에 입회하게 될 캐더린과 동일시한다. 제임스와는 달리 마이클은 설교에서 종이 울리는 원리를 다음과 같이 '중력'과 관련짓는다.

> 종은 중력에 따릅니다. 종을 한쪽으로 흔드는 힘은 또 다른 쪽으로 되미는 힘이 됩니다. 마찬가지로 우리들은 우리들의 정신력의 기계장치를 알고 우리의 힘이 어디에 잠재해 있는가를 발견하지 않으면 안 됩니다.

> The bell is subject to the force of gravity. The swing that takes it down must also take it up. So we too must learn to understand the mechanism of our spiritual energy, and find out where, for us, are the hiding places of our strength(B 204).

여기서 중력은 바이어트(A. S. Byatt)가 『자유의 정도: 아이리스 머독의 초기 소설들 Degrees of Freedom: The Early Novels of Iris Murdoch』에서 언급하듯이, 인간의 삶에서 일어나는 '단순히 기계적인'(83)

것에 대한 상징으로 베이유의 사상과 연관되어 있다. 머독은 종에 얽힌 전설을 통해 등장인물들 특히 도라와 캐더린이 중력에 어떻게 반응하고 있는지를 묘사하고 있다. 다음에서는 옛 종에 얽힌 전설을 읽는 방식에 따라 중력에 저항하는 도라의 읽기와 중력에 순응하는 캐더린의 읽기를 살펴보고 그러한 각각의 읽기가 그들의 삶에 어떤 영향을 미치는지 살펴보고자 한다.


## 1. 옛 종에 얽힌 전설 읽기


옛 종에 얽힌 전설은 그것을 읽는 등장인물에 따라 각각 다르게 해석되고 있다. 고문서를 연구하던 폴 그린필드(Paul Greenfield)에 의해 발견된 이 전설은 14세기경 어떤 젊은이와 사랑에 빠져 죄를 지은 타락한 수녀가 주교에게 저주받은 종과 함께 호수에 몸을 던져 자살했다는 이야기로, 그 속에는 중세의 준엄한 교리, 즉 회개하면 구원받고 회개하지 않으면 신의 심판과 저주를 받게 된다는 종교적인 교리가 내포되어 있다.

중세 수녀원의 질서를 깨뜨린 죽은 수녀의 침묵은 인간 내면에 잠재된 욕망의 침묵으로 이 소설의 저변을 장식하고 있다. 폴은 이 전설을 아내인 도라와 캐더린에게만 알려 준다. 이 전설은 캐더린의 현실을 위협하는 두려운 요소로 작용한다. 또한 억눌려 있던 폴의 욕정을 자극하는 힘으로도 작용한다. 그뿐 아니라 이 전설의 내용을 알지 못하는 마이클의 꿈속에서 수녀들에 의해 다시 들어 올려지는 끔찍한 시체의 이야기로도 등장한다. 따라서 이 전설은 인간 무의식에 심어진 죄의 뿌리처럼 인간 내면에 잠재된 온갖 욕망 덩어리의 침잠으로 볼 수 있다.

옛 종에 얽힌 전설은 소설의 처음부터 궁극적인 결말에 이르기까지 이야기 전개상 중요한 역할을 한다. 머독은 이 종에 얽힌 전설을 소재로 등장인물들의 내밀한 욕망을 추적한다. 임버로 몰려든 등장인물들은 겉보기에는 신의 소명을 따른다는 면에서 동일한 하나의 가치를 추구하는 것처럼 보인다. 그러나 그들의 내면은 호수의 심연과도 같이 불투명하고 복잡한 문제들로 가득 차 있다. 머독은 삶의 배경과 가치관이 다양한 인물들을 밀폐된 작은 공간으로 불러들여 거기서 벌어지는 여러 사건과 인간관계 속에서 빛과 중력을 날카롭게 대비시키며 선을 이루고자 하는 인간의 영적인 에너지가 중력에 저항할 수 있는지를 실험한다. 중력에 저항하는 방법과 순응하는 방법은 옛 종에 얽힌 전설을 읽는 도라와 캐더린의 자세에서 가장 잘 드러나고 있다. 다음에서 도라가 어떻게 중력에 저항하는지 살펴보기로 한다.

## 1) 도라: 중력에 대항하는 저항적 읽기

도라는 옛 종에 얽힌 전설을 본능적으로 거부하며 자기 나름대로 재해석함으로써 전설에 내포된 종교적인 심판과 저주에 저항한다. 이것은 중력에 저항하는 읽기이다. 그녀의 이러한 저항은 그녀가 기독교의 교리를 잘 안다거나 교리를 반박할 만한 해박한 지식을 가지고 있기 때문이 아니다. 전설에 대한 도라의 반응은 이성적인 판단이나 논리적인 근거에 의한 것도 아니다. 그것은 불쌍한 사람에 대한 도라의 본능적인 연민이라고 보는 것이 더 타당하다. 그녀는 전설을 듣고 "에그, 가엾어라!"(*B* 42) 하며 죽은 수녀에게 동정과 연민을 느낀다. 그녀는 수녀의 도덕적이고 신앙적인 측면을 판단하거나 저울질하지 않는다. 오히려 그녀는 부정을 저지른 수녀가 자발적으로 수녀원에 입회한 것이 아니라 강제로 수용된 사람일 거라고 추측하며 수녀를 이해하려는 입장을 취한다. 그러나 폴은 신에 대한 맹세를 저버린 그 수녀는 동정받을 가치도 없다는 심판자적 입장을 취한다.

도라는 천성적으로 생명과 자유를 존중하며 불쌍한 사람에 대한 연민을 지니고 있다. 그녀의 이러한 성향은 기차간에서 노부인에게 자리를 양보해야 할지를 놓고 갈등하는 장면에서도 나타난다. 그녀는 이성적으로는 노부인에게 자리를 양보하지 않겠다고 다짐하나 본능적으로는 자리를 양보해야 한다고 느낀다. 또한 그녀는 기차의 좌석 밑에 있는 나비가 사람들 발에 밟힐까 봐 숨을 죽인다. 나비가 밟힐 위험에 처하자 그녀는 타인의 눈에 어리석게 비칠 것을 알면서도 본능적으로 나비를 감싼다. 뿐만 아니라 도라는 다른 등장인물들과 달리 캐더린의 내면에 감추어진 불안을 감지한다. 도라가 캐더린에게 느끼는 연민은 젊은이와 부정을 저지른 중세 수녀에 대한 연민과 유사한 것이다. 그녀는 등장인물들 중 누구보다도 캐더린에 대해 아는 바가 없는 사람이다. 그러나 캐더린에 대한 지속적인 관심으로 마침내 도라는 그녀의 불안이 무엇인지를 알아낸다. 도라는 수녀가 되려는 캐더린의 결정은 그녀의 자발적인 결정이 아님을 알게 된다. 타인들이 그녀를 '성녀' 취급하며 일방적으로 몰아가기에 그녀가 꼼짝없이 그들의 음모에 말려든 것이라고 도라는 생각한다.

도라가 캐더린의 본질을 꿰뚫어보는 것은 그녀에 대해 관심과 애정을 가지고 있기 때문이다. 그녀는 캐더린의 생명력이 타자의 시선에 갇혀 짓눌리고 있음에 분개한다. 마찬가지로 자신의 생명력이 폴의 잔인성에 의해 짓밟히는 것에 대해서도 분개한다. 이러한 그녀의 내면적 분노는 폴에 대한 두려움에 억눌려 방향성 없는 무분별한 가출로 표출된다. 그러나 전설을 듣고 난 후 거울에 비친 자신의 모습을 직시하는 장면에서 그녀는 자신이 원하는 것이 무엇인지를 뚜렷이 알게 된다.

전설에 대한 도라 나름대로의 재해석은 도라가 자신의 모습을 새롭게 보는 계기가 된다. 도라는 욕정이 발동한 폴의 요구를 잠시 제쳐둔 채 거울 속에 비친 자신의 모습을 보게 된다. 이 짧은 정지의 순간에 도라는 이제껏 자기가 알고 있던 모습과는 전혀 다른 또 하나의 자기를 보게 된다. 거울에 비친 여인의 모습은 폴의 와이셔츠만 걸쳐 입었을 뿐 폴과는 별개로 존재하는 도라이며 폴이 전혀 알지 못하는 도라이다. 이것은 물론 도라의 내적인 모습을 의미하는 것이다. 도라는 이전과는 전혀 다른 시각에서 자신의 모습을 읽게 된다. 맨발을 한 그녀의 두 다리는 폴의 셔츠 밑으로 완전히 드러나 있다. '납작한 혀처럼'(B 45) 그녀의 목덜미를 핥고 있는 머리카락은 뱀처럼 유혹적인 도라의 성적인 매력을 보여주고 있다. 더욱 놀라운 것은 거울 속 여인의 당찬 눈이다. 그 눈은 도라가 지금껏 보아온 겁에 질린 눈이 아니다. 그 두 눈은 '확고하게 그리고 격려하듯이'(B 45) 도라를 바라보고 있다. 다음에서 거울 앞에 선 도라의 결연한 자세를 엿볼 수 있다.

> 그녀(도라)는 거기(거울 속)에 있는 폴이 모르는 사람을 계속 바라보았
> 다. 누가 뭐라고 해도 이 여자는 야무지게 살아가고 있다: 그 누구도 이
> 여자 도라를 파괴할 수 없다.

> She continued to look at the person who was there, unknown to Paul.
> How very much, after all, she existed; she, Dora, and no one should
> destroy her(B 45).

폴이 옛 종의 전설을 도라에게 들려준 의도에는 분명 다른 남자와 놀아난 그녀의 부도덕한 측면을 심판하고 단죄함으로써 그녀를 회개시키려는 저의가 깔려 있다. 그러나 도라는 거울 속에 비친 두려움이 없는 확고한 두 눈에서 자신의 죄에 대한 심판에 저항할 수 있는 용기를 얻는다.

도라에게 필요한 것은 죄에 대한 심판과 저주가 아니라 사랑과 자유인 것이다. 폴과의 대화에 답답함을 느낀 도라는 호수 쪽에서 갑자기 두 손을 높이 쳐드는 토비의 모습에서 '자유 그 자체'(B 44)를 본다. 도라에게 절실히 필요한 것은 심판과 저주가 아니라 자유인 것이다. 그녀는 폴이 전설을 통해 내비치는 잔인한 심판의 저주 앞에서 "누구도 이 여자를 파괴할 수 없다."(B 45)고 맞선다. 도라는 자신을 읽는 타인들의 그릇된 읽기에 저항할 수 있는 원동력을 거울 속에 비친 자신의 모습에서 찾았던 것이다. 이 저항은 옛 종과 새 종을 바꿔치기해서 임버 사람들 모두를 깜짝 놀래주려는 기상천외한 음모로 표출된다. "결국, 그녀의 방식대로 그녀는

싸울 것이다. 이 거룩한 공동체 안에서 그녀는 마녀 역할을 할 것이다."(B 199) 그녀의 이러한 계획은 공동체 사람들의 고정관념을 깨뜨리고 신선한 충격을 가하려는 도라의 의도로 보인다. 상상력이 풍부한 도라는 옛 종과 새 종을 바꿔치기해 기적을 일으켜보려는 엉뚱한 생각이 불가능하다고는 전혀 생각하지 않는다. 단 그녀에게 필요한 것은 종을 호수의 진흙 속에서 끌어내는 데 필요한 힘과 기술이다. 그녀는 토비와 함께 자신의 음모를 실행하기 위한 계획을 구민다. 이처럼 그녀는 자신이 생각하고 상상한 것을 실행에 옮기는 데에 어떠한 장애도 느끼지 않는다. 이러한 그녀의 특성은 임버 공동체 구성원들에게서는 볼 수 없는 독특한 성향이다.

지금껏 살펴보았듯이 옛 종에 얽힌 전설은 폴이 기대했던 것과는 전혀 다른 방향으로 도라에게 영향을 미치고 있음을 볼 수 있다. 그녀는 전설이 주는 두려움에 굴복해 중력에 순응하는 대신 오히려 그 전설이 현실 속에서 반복될 수 있는 가능성의 고리를 끊어버림으로써 새로운 정신적인 도약을 다짐한다. 그녀는 당차게 살아남는 것이다. 지금까지 도라의 중력에 저항하는 전설읽기를 살펴보았다. 그러나 동일한 전설의 내용이 캐더린에게 미치는 영향은 사뭇 다르게 나타난다. 다음에서는 도라의 전설읽기와 판이한 양상을 보이는 캐더린의 전설읽기를 살펴본다.


## 2) 캐더린: 중력을 따르는 순응적 읽기

캐더린은 전설에 내포된 죄에 대한 심판과 저주를 아무런 비판

없이 수용한다. 이렇게 전설의 내용을 있는 그대로 수용하는 것은 캐더린이 중력에 순응한다는 것을 보여주는 것이다. 이처럼 중력에 순응함으로써 그녀는 중세 수녀의 자살을 재현하며 파멸을 자초하는 결과를 낳게 된다. 그녀가 이처럼 중력에 순응하는 것은 그녀를 '작은 성녀'(B 38)라고 보는 다른 이들이 만들어 놓은 자신의 이미지 속에 철저히 갇혀 사는 모습에서도 볼 수 있다. 그녀는 자신에 대한 타자들의 읽기를 그대로 받아들임으로써 자신의 참모습을 읽는 일에 실패한다. 대부분의 등장인물들 또한 캐더린의 겉모습만을 읽을 뿐 그녀의 내면의 갈등을 읽지 못한다.

캐더린이 전설의 내용을 어떻게 받아들이고 있는지는 독자들에게 감추어져 있다. 그러나 소설의 종결부분에서 호수 속에 빠진 새 종을 따라 호수에 몸을 던져 자살을 시도하는 그녀의 행위로 보아 그 전설이 그녀의 의식에 미친 영향을 짐작할 수 있다. 누이동생을 흠모하는 니크 폴리가 명명식 행렬에서 새 종을 뒤엎어 호수 속에 빠뜨리는 음모를 통해서 베일 속에 가려 있던 캐더린의 참모습이 뚜렷이 드러나기 때문이다. 마이클을 흠모하는 사랑의 감정 때문에 죄의식을 느끼던 캐더린은 종이 호수 속에 빠지자 그것을 자신의 죄에 대한 신의 심판으로 간주한다. 그녀는 호수 속에 몸을 던져 중세 수녀처럼 자살을 시도하지만 도라와 클래어(Clare) 수녀의 구출작전으로 간신히 살아난다. 그러나 아래에서 볼 수 있는 그녀의 행동은 지금까지 등장인물들과 독자들이 그녀에 대해 지녀왔던 모든 환상을 일순간에 깨뜨린다.

그(마이클)가 일행의 중심에 다가와서 뭐라고 말을 시작하려 하자 캐더린이 비틀거리면서 일어났다. 검은 머리를 길게 늘어뜨리고 입을 멍청히 벌린 괴상한 모습으로 앞으로 다가왔다. 모두가 조용해졌다. 그리고 그녀는 신음소리를 내며 마이클을 향해 달리기 시작했다. 순간, 그녀는 그에게 덤벼드는 것이 아닌가 하는 생각이 들었다. 그러나 그렇지가 않았다. 그녀는 팔을 그의 목에 감고 젖은 몸 전체로 그에게 매달렸다. 캐더린은 미칠 듯이 애무하는 투로 그의 이름을 몇 번씩 되풀이해서 부르며 머리를 그의 재킷 앞에 쑤셔 박고 있었다. 마이클도 부지불식간에 그녀를 끌어안고 있었다. 그녀의 수그리고 비벼대는 머리 위에 놀라움과 공포에 멍해진 그의 얼굴이 보였다.

As he advanced towards the center of the group and began to say something, Catherine staggered to her feet. She advanced, grotesque with her long stripes of black hair, her mouth hanging open. Everyone fell silent. Then with a moan she ran at Michael. It seemed for a moment as if she were going to attack him. But instead she hurled her arms about his neck and seemed to cling to him with the whole of her wet body. Her head burrowed into the front of his jacket as in tones of frantic endearment she uttered his name over and over again. Michael's arms closed automatically about her. Over her bowed and nestling head his face was to be seen, blank with amazement and horror(B 280).

이 장면은 캐더린의 가식적인 종교적 허울이 한순간에 벗겨지면서 그녀에 대한 타자읽기가 산산조각 나는 절정의 순간이다. 여기서 타자읽기란 등장인물들뿐 아니라 독자들이 캐더린에 대해 가졌던 환상적인 읽기를 모두 다 포함하는 것이다. 지금까지 종의 상징적 의미를 살펴보고 도라와 캐더린의 전설읽기가 중력과 관련해 그들의 삶에 미치는 영향을 살펴보았다. 다음에서 타자읽기가 '퇴행'으로 이어지는 과정을 마이클을 중심으로 살펴보고자 한다.

## 2. 퇴행적 읽기: 마이클의 거듭되는 실패

성직을 희망하는 마이클이 한결같이 그 뜻을 이루지 못하고 실패를 거듭하는 현상은 앞에서 언급한 베이유의 '퇴행'과 관련해 생각해 볼 수 있다. 그가 퇴행하게 되는 직접적인 원인은 그의 동성애적 성향에 있다. 그는 성직을 희망하기 전에도 이미 동성애를 경험하고 있었다. 그는 퍼블릭 스쿨 재학 중이던 14세 때 이미 동성애를 경험했으며, 그때의 강렬한 체험은 그가 대학 2학년 때 다시 동성애로 자연스럽게 발전한다. 당시에 그는 견진 성사는 받았지만 불규칙적으로 성당을 다니던 성공회 신자였다. 그는 자신의 동성애적 성 습관이 신앙과 충돌한다고는 생각하지 않는다. 그는 동성애와 신앙심을 동일한 감정으로 간주한다. 그는 자신의 종교적인 열성과 성적인 욕망은 근원이 같다는 것을 알게 된다.

> 자기의 신앙이 자기의 성적 습관과 충돌한다는 것에는 미처 그의 생각
> 이 미치지 않았다. 실상 이 양자의 근원이 되는 감정은 기묘하게도 마음
> 속에서는 같은 샘에서 솟아 나오는 것이었고, 이것을 어렴풋이 의식하고
> 있기 때문에 좀 더 정밀하게 반성하지 못하고 있었다.

> It scarcely occurred to him that his religion could establish any quarrel
> with his sexual habits. Indeed, in some curious way the emotion which fed
> both arose deeply from the same source, and some vague awareness of this
> kept him from a more minute reflection(B 99).

그러나 대학을 졸업할 무렵 성직에 대한 소망이 분명해지자 마이클은 자기 안의 모순을 보게 된다. 그는 어느 신부에게 자신의

문제를 고백한 후 그의 도움으로 '악덕'을 버리고 종교로 되돌아온다. 자신이 강해졌으며 치유되었다고 느끼는 그는 비로소 자신의 삶을 직면하기 시작한다. 그렇다고 그가 동성애적 성향을 완전히 극복한 것은 아니다. 단 그는 그런 일이 다시 생기더라도 '훨씬 엄격해진 자기의 윤리관과 틀림없이 충동하리라는 확신'(*B* 100)을 얻게 된 것이다. 그는 '영적인 위기'를 통과한 데서 오는 승리를 맛본다.

성직에 대한 열망으로 가득 차서 자신의 미래를 확신하던 마이클에게 첫 번째 찾아오는 영적인 위기는 니크를 통해서이다. 그가 니크와의 동성애에 다시 떨어지게 되는 원인을 살펴보면 다음과 같다. 첫째, 당시 25세의 젊은 교사였던 마이클은 14세의 학생인 니크가 자신의 동성애 상대가 되기에는 너무 어리다고 보고 그에 대한 경계를 늦추었다는 점이다. 둘째, 자신을 과신한 탓에 위기를 느꼈을 때는 이미 돌이키기에는 시기적으로 너무 늦었다는 점이다. 셋째, 그는 사랑에 집착한 나머지 환상의 포로가 되어 현실을 왜곡한다는 점이다.

마이클이 니크와의 힘겨루기에서 자신이 패배했다고 느끼는 것은 어두운 방에서 니크와 육체적인 접촉을 가지게 되면서부터이다. 이 일이 있은 후 그는 성찬식에 참여하는 것은 중단하지만 죄악감을 느끼지는 않는다. 그는 '어떤 대가를 치르더라도'(*B* 105) 이 사랑을 '신 앞에서 고수하고' 자신의 사랑을 정당화하리라고 마음먹는다. 그는 이전에 자신의 신앙심과 성적 욕망의 근원이 같다는 것을 알게 되었을 때 자신의 신앙을 타락한 것으로 간주하던 때와는 다르게 반응한다. 그는 이번에는 그러한 논지를 역전시킬 수도 있다고 느낀다. 다음에서 그의 내면의 생각을 볼 수 있다.

그는 자기가 예전에 자기의 신앙과 정열이 어떤 식으로 같은 근원에서 나왔는가를 느끼던 일, 그리고 그 때문에 자기의 신앙이 얼마나 타락했다고 여겼던가에 대해 희미하게 생각하기 시작했다. 그러나 지금은 이 논의를 역전시킬 수도 있을 것 같은 느낌이 든다. 오히려 이 신앙에 접근해서 정열은 순수하게 되지는 않을까? 자기가 니크에 대해서 품고 있는 기막힌 애정에 뭔가 본래부터 악 같은 것이 있다고는 믿어지지 않았다. 이 사랑은 그만큼 강하고 그만큼 빛나는 것이었으며, 매우 깊은 곳에서 찾아오는 것이었고, 선 그 자체의 본성을 갖추고 있는 것 같은 느낌이 들었다. 마이클은 어렴풋이 자기가 소년의 영적인 수호자라는 환상을 품었다. 그리고 그의 정열은 서서히 고상하고 욕심 없는 애착으로 변해 갔다.

He began, hazily, to reflect on how he had formerly felt that his religion and his passions sprang from the same source, and how this had seemed to infect his religion with corruption. It now seemed to him that he could turn the argument about; why should his passions not rather be purified by this proximity? He could not believe that there was anything inherently evil in the great love which he bore to Nick: this love was something so strong, so radiant, it came from so deep it seemed of the very nature of goodness itself. Vaguely Michael had visions of himself as the boy's spiritual guardian, his passion slowly transformed into a lofty and more selfless attachment(B 105).

그는 애인인 니크가 그의 아들이 될 것이며 자신은 그의 '영적 수호자'가 되어 모든 일을 잘해 나갈 수 있으리라 생각한다. 그는 '자기 존재의 모순에 의해 자기의 신앙이 더 깊어졌다고'(B 106) 느낀다. 이것은 베이유가 말하는 '저급한 에너지'의 도움을 받는 현상으로 그가 이미 정신적 한계에 도달했음을 말해 준다. 이 시점을 최고점으로 그의 영적인 사이클은 하강하기 시작한다.

마이클은 자신의 성적인 욕망이 최고조에 달했을 때 그것을 신에 대한 사랑과 일치시킨다. 그는 자기 안의 모순이 오히려 승화된 것처럼 생각함으로써 자신에게 '미소 지어 줄 신'(GG 53), 즉

'등가의 보상'(*GG* 53)을 만들어 낸다. 그리고 거기서 더 멀리 나아
갈 수 있는 가능성과 힘을 얻는다. 그러나 이것은 순전히 그의 환
상일 뿐 현실은 그에게 냉혹한 심판과 징벌을 가한다. 마이클은
'연소자를 타락시켰다는 가장 추잡스러운 악업'(*B* 107)을 저지른
죄과를 인정하고 성직을 포기하고 학교를 떠나게 된다.

　마이클의 퇴행현상은 그의 삶에서 반복해서 나타난다. 그의 제2
의 영적인 위기는 토비와의 사건을 통해서 발생한다. 옥스퍼드 대
학 입학 1개월을 앞두고 공동체 생활을 경험하고자 임버로 오게
된 토비와의 사건이 벌어지게 되는 것은 경작기를 구입하기 위해
스윈든(Swindon)에 갔다가 돌아오는 길에 벌어진다. 마이클은 도중
에 토비와 함께 잠시 술집에 들러 술을 마시게 된다. 그는 꽤 독
한 술로 알려진 서부의 황금빛 사과술을 마시며, 자기의 삶에 버
려지고 희생된 여러 가지를 의식한다. 이 '황금빛' 사과술은 아담
의 타락을 유인했던 '선악과'의 이미지로 앞으로 전개될 마이클의
위기와 탈선을 예고한다고 볼 수 있다. 사과술을 마시며 그 순간
을 즐기는 마이클은 행복과 자유를 느낀다. 그러나 그가 느끼는
지고한 행복감은 잠시뿐이다. 바로 다음에 이어지는 토비와의 대화
에서 그는 또다시 정신적으로 하강하며 육체적 쾌락에 탐하는 본
능적인 성향에 굴복하게 된다.

　이처럼 마이클에게서 나타나는 정신적인 메커니즘은 상승과 하
강을 뚜렷하게 반복하고 있다. 그의 정신적 메커니즘은 그가 목표
하던 지점에 어느 정도 다다르면 또다시 정반대의 방향으로 포물
선을 그리며 하강한다. 여기서 높은 것, 거룩한 것, 영적인 것을
갈망하는 마이클이 또다시 낮은 것, 천한 것, 육적인 것에 떨어지

게 되는 과정을 살펴보는 것은 흥미롭다. 니크에 이어 토비를 통해 반복되는 일련의 동성애 사건이 마이클에게 가능할 수 있었던 것은 물론 그에게 이미 동성애 경험이 있었기 때문이기도 하다. 그러나 그것은 표면적인 이유이다. 여기서는 그와는 다른 측면에서 이 사건들을 조명해 보고자 한다. 동성애라는 것은 어찌 보면 밖으로 표출된 하나의 외적인 행위에 지나지 않는다. 중요한 것은 그 이전에 이미 그의 생각 속에서 일어나는 변화이다. 문제는 이러한 변화가 언제 어떻게 일어나는가 하는 점이다. 다음에서는 이러한 문제에 접근함에 있어 타자읽기가 마이클의 동성애와 그의 정신적인 변화에 미치는 영향을 중심으로 살펴볼 것이다.

마이클과 니크는 교사와 학생의 관계이며, 마이클과 토비는 영적인 지도자와 초심자의 관계이다. 이들의 관계는 처음 만날 때부터 대등한 관계가 아닌 한쪽이 다른 한쪽보다 우세한 관계이다. 이 관계에서 마이클은 그들의 우러름의 대상이 되는 월등히 우세한 쪽에 놓여 있다. 그러던 이들의 관계가 역으로 바뀌는 시점에는 한 가지 공통적인 요소가 있다. 그것은 니크와 토비가 마이클에 대해 존경심을 나타내는 바로 그 시점과 매우 밀접한 관계가 있다는 점이다. 이 시점에서 시소타기를 하듯 마이클의 우세하던 위치는 밑으로 기울기 시작한다.

첫 번째 니크와의 경우, 니크가 교실에서 마이클에게 보이는 대담하고 노골적이며 자극적인 표정이나 건방지고 거친 행동은 마이클의 호감을 전혀 사지 못한다. 뿐만 아니라 그는 오히려 니크의 거친 태도에 분개한다. 그러던 니크가 어느 순간부터는 거칠던 태도를 누그러뜨리고 순종적인 태도를 보이기 시작한다. 니크의 태도가 변하게 된 원인은 분명히 나타나고 있지 않지만 그러한 변화는 마이클에 의해서 감지된다. 마이클의 관심은 니크에게로 기울기 시작한다. 마이클은 이 약간의 기울어짐을 허락함으로써 자신을 지탱해 오던 균형점을 잃게 된다. 그는 니크를 '본질적으로 어리석게'(B 101)만 보던 시각을 바꾸어 '이제 좀 더 겸손해졌으며 점차 좋아졌다.'(B 101)고 생각하게 된다. 니크에 대한 마이클의 이러한 읽기의 변화는 처음에는 대수롭지 않은 것으로 시작하나 나중에는 돌이킬 수 없는 거대한 힘으로 자라난다. 그들이 열렬한 사랑을 서로 확인한 지 3주일 만에 그들의 관계는 어느새 '동화 속의 나무처럼 기적적인 속도로 성장'(B 106)해 버린 것이다.

두 번째 토비와의 경우, 토비의 마이클 읽기는 마이클을 우세하던 위치에서 열등한 위치로 끌어내리는 중력의 힘으로 작용한다. 그리고 그 중력은 그의 동성애를 부추기는 결정적인 역할을 하게 된다. 마이클은 술집에서 토비와 장래에 대한 대화를 나누다가 뜻밖의 말을 듣게 된다. 그것은 토비가 자신의 업적을 훌륭한 것으로 인정하고 있으며 그를 존경하고 있다는 것이다. 그는 토비의 말에서 한편으로는 대단히 감동을 받으면서 또 한편으로는 유감을 느낀다. 왜냐하면 토비가 그를 대단한 사람으로 여기며 그를 '정신적인 지도자'(B 153)로 간주하는 것은 다분히 자신에 대한 잘못된 이미지에서 나온 것이라는 것을 그는 잘 알고 있었기 때문이다. 그러나 마이클은 토비의 읽기, 즉 '상상력 속에서 미화된 자기의 이미지'(B 153)라는 그릇된 읽기 속에서 용기를 얻는다. 이 힘은 곧바로 마이클의 육체적 욕망을 부추기는 육적인 에너지로 환원되며 그의 잠자고 있던 동성애를 부추기는 힘으로 작용한다. 이 시점을 중심으로 영적인 것을 추구하던 그의 고급에너지는 타락하며 저급한 에너지의 지배를 받게 된다. 여기서 이 시점에 주목하는 것은 매우 중요하다. 왜냐하면 그것은 베이유가 말하는 '미세한 틈', 즉 상상력이 들어와 공허를 채우게 되는 그 틈을 제공하기 때문이다. 마이클에게서 이 틈은 상대방의 존경을 확인하는 시점에 벌어지기 시작해서 그를 통째로 집어삼키는 거대한 심연으로 발전하게 된다.

> 거기에 대해서 생각한 것도, 몽상한 것도, 좋았다 - 그러나 실제로 일을 저지르고 말다니! 그리고 마이클이 사고와 행동 사이의 약간의 간격에 대해서 생각할 때 그 더할 수 없이 좁은 틈은 그가 지켜보는 가운데 하나의 심연으로 화하는 것이었다.

> To have thought it, to have dreamed it, yes – but to have done it! And as Michael contemplated that tiny distance between the thought and the act it was like a most narrow crack which even as he watched it was opening into an abyss(B 164).

마이클은 토비가 자신을 존경하고 있다는 것을 확인하는 데서 큰 위로를 느끼며 긴장을 늦추게 된다. 이것은 마이클이 임버 공동체를 이끌어 가기 위해 그동안 행해 온 모든 고독한 노력에 대한 대가이다. 이 대가는 그가 바라던 것에 대한 정확한 보상이므로 선을 이루고자 하는 그의 에너지를 타락시킨다. 이 보상으로 그의 내면의 텅 빈 공간이 채워지면서 중력의 힘을 받아 그는 다시 추락하게 된다.

지금까지 마이클을 중심으로 타자읽기가 퇴행에 미치는 영향을 살펴보았다. 그의 영적인 사이클은 최고조에 올랐을 때 반복적으로 동성애에 굴복하면서 다시 하강하게 된다. 이는 그의 영적인 에너지에 한계가 있음을 보여주는 것이다. 그가 다시 정신적으로 하락하게 되는 시점은 상대방이 자신을 어떻게 읽는지와 관련이 있다. 그는 상대방이 자신을 인정하고 존경한다는 것을 확인하는 시점에서 하락하게 된다. 이는 그가 걸어온 고독한 길에 대한 정신적인 보상이 주어졌음을 의미하는 것이다. 그는 영적으로 가장 고양되었을 때 공허를 이기지 못하고 상상 속에서 스스로 보상을 만들어냄으로써 중력에 떨어진다. 다음에서 머독이 이 공허를 어떻게 이 소설 속에서 묘사하고 있는지를 살펴보고 주인공인 마이클과 도라에게서 각각 나타나는 공허와 그 공허를 통해 그들의 읽기에 어떤 변화가 오는지 살펴보고자 한다.

## 3. 공허를 통한 타자읽기

머독은 공허를 이 소설의 주인공인 마이클과 도라를 통해서 묘사하고 있다. 그러나 이들은 공허를 각기 다르게 체험한다. 마이클은 공허의 체험을 통해 종교적인 환상에서 깨어나게 되면서 자신과 주변 사람들을 보다 객관적으로 바라보게 된다. 반면 도라는 공허를 체험하면서 외적 실재에 대한 자각과 함께 도덕적으로 성숙하게 되며 타자를 향해 나아간다.

베이유는 우리가 살고 있는 인간 세계 자체가 불균형으로 일그러져 있으며 이러한 불균형을 잡을 수 있는 가능성을 공허로 보았다. 다음에서 베이유가 통찰한 불균형 현상을 들어본다.

> 우리는 어쨌든 인간에 알맞지 않은 세계에서 살고 있는 것이다. 인간
> 의 육체와 인간의 정신과, 현재 인간생활의 요소를 구성하고 있는 사물과
> 의 사이에는 괴기한 불균형이 있다. 이 불균형은 모든 것에 미치고 있다.
> 아마도 보다 원시적인 생활이라는 극소한 예외를 빼놓고는, 이 탐욕스런
> 광란을 완전히 벗어날 수 있는 인간의 카테고리도, 그룹도, 계급도 존재
> 하지 않는다(베이유, 『억압』 168).

이러한 불균형의 상태에서 살아가고 있는 인간은 앞서 언급했듯
이 이 세상을 지배하는 자연법칙들로부터 벗어날 수 없으며 벗어
난다 하더라도 그것은 '단지 섬광과도 같은 짧은 순간'에만 가능한
것이다. 베이유는 공허를 채워 주는 모든 그릇된 위안들과 '고통을
완화시켜 주는 믿음들'(GG 58), 즉 "사람들이 종교에서 얻으려고
하는 '위안'들"(GG 59)을 물리치고 주시하면서 빈 채로 기다릴 때
이러한 공허가 채워지는 것을 경험할 수 있다고 보았다. 그리고
이러한 기다림이 은총으로 채워질 때 절대적인 선에 접하게 된다
고 보았다. "왜냐하면 우리가 상상할 수도 정의할 수도 없는 그
선은 바로 공허의 자리이기 때문이다. 그런데 이 공허는 다른 어
떤 충만함보다도 더 충만한 상태이다."(GG 58) 베이유는 어떤 상
황에서든지 빈 공간을 채워주는 상상력을 정지시킬 때 공허가 생
겨나며 환상을 만들어 내는 집착을 버릴 때 외적인 현실을 지각할
수 있다고 보았다. 다음에서는 이러한 지각현상을 이 소설의 마지
막 장면까지 남게 되는 마이클과 도라를 통해 살펴보고자 한다.

## 1) 마이클의 공허: 종교적 환상에서 깨어남

마이클은 니크의 죽음과 공동체의 해산이라는 비극적인 결말을 통해 공허를 체험하면서 종교적인 환상에서 깨어나게 된다. 그에게 나타나는 공허는 그가 숨거나 위로받을 수 있는 어떤 피난처나 위안도 없는 것이다. 그는 니크를 잃었다. 대신 그에게는 캐더린이 남았다. 그는 자신의 '고통을 완벽한 것으로 만들기 위해'(B 307) 니크가 캐더린을 남겨놓았다고 생각한다. 그에게 캐더린의 존재는 그의 영혼을 정화시키기 위해 남겨진 영원히 타오르는 불이다. 그는 '일부러 정화시키는 불 속에 남아 있는 단테(Dante)의 영혼들'(B 308)을 회상한다. 그는 '회개란 마음을 위로하는 일 없이 죄에 대해서 생각하는 일'(B 308)임을 떠올린다. 마이클은 캐더린에게 연민을 느낀다. 그는 죽는 날까지 그녀의 행복을 책임지리라 마음먹는다. 어떤 위로나 어떤 희망도 주어지지 않는 상황에 처한 마이클을 통해 머독은 베이유의 공허를 사실적으로 묘사하고 있다.

점차 그는 초연해졌지만 그래도 신앙이 회복된다는 감각은 전혀 없었다. 그에게는 종교가 아득히 멀리에 있어서 자기가 결코 들어갈 수 없는 것처럼 느껴졌다. 그는 감동이나 경험이나 희망 따위를 느낀 일은 막연하게 기억하고 있으나 신에 대한 참된 신앙은 이러한 것과는 완전히 먼 것이었다. 그는 마침내 그것을 이해했고, 거의 냉정하게 그것이 멀리 있음을 느꼈다. 그가 자기의 삶 속에서 보고 있던 패턴은 그 자신의 로맨틱한 상상력 속에서만 존재했던 것이다. 인간의 차원에서는 패턴 따위는 없다. '하늘이 땅보다 높음같이 내 길은 너희 길보다 높으며 내 생각은 너희 생각보다 높으니라.'(구약 <이사야서> 55장 9절) 그리고 그는 쓸쓸한 기분으로 이러한 말의 준엄함을 맛보면서 다음의 말을 자신에게 부과했다: 신은 존재한다. 그러나 나는 신을 믿지 않는다.

Gradually he became more detached but there was no sense of his faith being renewed. He thought of religion as something far away, something into which he had never really penetrated at all. He vaguely remembered that he had emotions, experiences, hopes; but real faith in God was something utterly remote from all that. He understood that at last, and felt, almost coldly, the remoteness. The pattern which he had seen in his life had existed only in his own romantic imagination. At the human level there was no pattern. 'For as the heavens are higher than the earth, so are my ways higher than your ways, and my thoughts than your thoughts.' And as he felt, bitterly, the grimness of these words, he put it to himself: there is a God, but I do not believe in Him(B 308).

마이클은 신과 인간 사이에 놓여 있는 그 먼 거리를 냉정하게 바라본다. 그는 상실로 인해 생긴 공허와 어떤 위로도 없는 고통 속에 버려졌다. 어떤 낭만적 환상도 지니지 않은 그는 이제 '축소 되었다'(B 309) 그는 비로소 '그가 무엇인지'(B 309)를 숙고하기 시작한다. 자신의 잘못된 선택들은 '인간 본성에 대한 전면적인 적 의'(B 309)에서 비롯된 것임을 그는 알게 된다. 그는 고요히 주변 을 바라본다. 예전 생활과 다름없이 유일하게 지속되고 있는 것은 미사다. 그에게 미사는 더 이상 그의 마음을 위로하는 것이 아니 다. 그것은 그의 마음 상태와는 상관없이 객관적인 '사실로서 남아 있다'(B 309) 누가 집전하든지 '미사는 존재하고, 마이클도 그 옆 에 존재한다.'(B 309) 그러나 그것은 객관적으로 존재한다. 이 객 관적 사실에 대한 인식과 함께 그는 자신의 주관적인 신앙은 사라 졌다고 느낀다. 그는 이제 신을 믿지 않는다. 종교적 열성으로 신 을 향해 치솟던 그의 모든 에너지는 공허 앞에서 산산이 흩어진다. 그것은 그에게 '무'를 체험하는 것으로 나타난다. 그는 이 '무'를 체험하면서 눈앞에 실재하는 것들을 보게 된다. 이때 그가 보게 되는 것은 그의 주관적 감정이나 판단으로 채색되지 않은 개개인이며 자연이다. 그는 자기 앞에 존재하는 도라와 자기의 손길을 절실히 필요로 하고 있는 캐더린을 보게 된다. 집착에서 풀려나면서 그는 개개인의 모습을 보다 객관적으로 인식하게 된다.

마이클의 좀 더 달라진 모습은 도라와 대화하는 장면에서도 나타난다. 그는 현실적인 문제를 해결할 수 있는 적절한 조언과 실질적인 도움을 도라에게 준다. 그는 도라에게 폴에게로 돌아가도록 강요하지 않는다. 그는 도라와 폴을 객관적으로 바라보며 두 사람의 입장을 이해한다. 또한 그는 도라가 중단했던 미술공부를 계속하고 보조금 혜택을 받을 수 있도록 편지 작성법을 가르쳐 준다. 그는 도라를 도와줄 수 있는 실질적인 방법들을 도라와 함께 간구한다. 그의 도움으로 도라는 보조금을 받아 미술공부를 계속하게 된다. 마이클은 자신이 그녀를 실질적으로 도와줄 수 있다는 사실에 놀란다. 그는 자신이 도라를 효과적으로 도와줄 수 있게 된 원인을 무엇보다도 자신이 도라를 객관적으로 볼 수 있기 때문이라고 생각한다. 그는 비로소 도라를 조금씩 알게 된다. 그리고 지금까지 어느 누구도 도라에게 그녀의 가치를 일깨워준 사람이 없었다는 사실을 알게 된다.

마이클이 도라의 새로운 면모들을 보게 되면서 그는 마침내 도라가 종교적인 사람들의 존재방식과는 다른 방식으로 독특하게 존재한다는 사실을 인식하게 된다. 마이클은 도라에게 죄와 회개라는 종교적인 수레바퀴를 따르도록 권고하지 않는다. 그는 도라가 그녀 나름의 방식으로 회개하고 구원받을 수 있으리라고 확신하게 되기 때문이다. 여기에서 마이클이 종교적인 편견에서 조심스럽게 벗어나고 있는 것을 알 수 있다. 그러나 그에게서 나타나는 변화는 외적인 사실들을 보다 객관적으로 인식하는 선에 머문다. 그에게서는 세상의 부조리를 끌어안을 만한 사랑의 모습은 아직 나타나지 않고 있다. 그가 캐더린에게로 가는 것은 그녀에 대한 사랑보다는 니크의 죽음과 캐더린의 불행에 대한 죄책감과 책임감이 더 많은 부분을 차지하는 것으로 보인다. 머독은 공허를 통한 타자읽기의 비전을 마이클보다는 도라를 통해 좀 더 분명하게 제시하고 있다. 다음에서는 도라에게서 나타나는 공허를 살펴보고자 한다.

## 2) 도라의 공허: 외적 실재에 대한 자각

도라는 공허의 체험을 통해 외적 실재를 자각하게 된다. 그러한 자각은 그녀가 현실 속에서 안주할 수 있는 최소한의 자리마저 잃고 극도의 공포에 휩싸였을 때 일어난다. 폴의 집요한 추적을 받고 공포에 떠는 도라는 무작정 국립미술관으로 가게 된다. 도라는 그곳에서 뜻밖의 계시적 체험을 하게 된다. 그것은 그녀가 게인즈버러(Gainsborough)의 그림 앞에 섰을 때 발생한다.

> 도라는 언제나 그림을 보고 감동한다. 그러나 오늘은 새로운 방식의 감동이었다. ……여기에는 마침내 뭔가 현실적인 것, 그리고 뭔가 완벽한 것이 있다는 생각이 떠올랐다. ……여기에는 의식이 마구 침범할 수 없는 그 무언가가, 의식이 환상의 일부가 되더라도 여전히 무가치한 것이 되지 않는 그 무언가가 있다. 폴만 하더라도 지금은 그녀가 몽상하는 누군가로서 존재하고 있을 뿐이라고 생각했다……. 그러나 여기에 있는 그

림들은 그녀의 외부에 있는 현실적인 것이고, ……그것들은 뛰어나고 훌륭해서 그 앞에 서니 그녀가 지금까지 느끼던 황폐한 혼수상태 같은 유아론을 말살시켜 주었다.

Dora was always moved by the pictures. Today she was moved, but in a new way. ……It occurred to her that here at last was something real and something perfect. ……Here was something which her conscious could not wretchedly devour, and by making it part of her fantasy make it worthless. Even Paul, she thought, only existed now as someone she dreamt about……. But the pictures were something real outside herself, ……something superior and good whose presence destroyed the deary trance-like solipsism of her earlier mood(B 190-91).

도라는 이 그림 앞에서 생동감을 느끼며 임버 공동체 사람들에게서는 느낄 수 없었던 친근감을 느낀다. 그녀는 그 그림과 살아 있는 대화를 나눈다. 그녀는 비로소 자신이 살아 있다는 현실감을 느끼게 된다. 도라는 그림을 통해서 얻게 된 통찰력을 통해 외부 세계를 있는 그대로 보기 시작하며 완벽한 어떤 것이 존재한다는 새로운 비전을 얻게 된다. 도라가 체험한 이 순간은 외적 실재에 눈을 뜨게 해 주는 공허의 체험으로 주관과 객관이 거꾸로 뒤집히는 변형의 순간이다. 도라는 초자연적인 계시의 빛을 통해 자신의 문제를 극복할 수 있는 실마리를 찾게 되며 현실감을 회복하게 된다. "세계가 주관적인 것처럼 보일 때 세계에는 아무런 관심도 혹은 아무런 가치도 없는 것처럼 느껴진다. 하지만 결국 지금 세계에는 뭔가 다른 어떤 것이 있다."(B 191)고 도라는 느낀다. 머독은 도라의 경험을 통해 종교적인 신비체험과 유사한 변형의 순간을 종교 밖의 예술세계에서 그려내고 있다. 이것은 예술에 대한 머독의 철학을 보여주는 것이다. 머독은 참된 예술은 인간에게 '실재에 대한 비전'(*EM* 352)을 주는 것으로 간주한다. 도라는 그림을 통해 실재에 대한 깨달음을 얻는다. 다음에서 보이는 도라의 체험은 종교적인 기도와 유사하다.

> 그러나 그녀는 계시를 받았다고 생각했다. 게인즈버러의 찬란하게 빛나는, 어둡고 온화하며 힘찬 화면을 보고 그녀는 갑자기 무릎을 꿇어 그것을 끌어안고 눈물을 흘리고 싶은 욕구를 느꼈다.

> Yet she felt that she had had a revelation. She looked at the radiant, sombre, tender, powerful canvas of Gainsborough and felt a sudden desire to go down on her knees before it, embracing it, shedding tears(*B* 191).

위에서 묘사된 도라의 체험은 종교에서 말하는 몰아의 경지와도 유사한 것임을 알 수 있다. 그녀는 뜻밖의 계시적인 경험을 통해 자신의 문제를 현실적으로 직면할 수 있는 긍정적인 에너지를 얻게 된다. 남편에 대한 맹목적인 두려움에 사로잡혀 방향감각을 잃고 도피만을 일삼던 도라는 자기 앞에 놓여 있는 분명한 길을 보게 된다. "내 참된 생활, 내 참된 문제는 임버에 있다. 그리고 선한 것은 어딘가에 존재하기 마련이므로 결국에는 내 문제도 해결될지 모른다."(*B* 191) 그래서 도라는 임버로 되돌아가기로 결심한다. 도라가 이 계시적인 경험을 통해 얻게 되는 외적인 실재, 참으로 있는 것, 즉 선이 존재한다는 지각과 자신의 문제를 바라볼 수 있는 실질적인 통찰력은 자신의 문제를 사람들 속에서 해결해야 한다는 것을 도라에게 알려주고 있다. 머독은 여기서 "연결이라는 것은 있었다."(*B* 191)라는 표현을 반복해서 사용하고 있다. 타자와 분리된 '나'가 아니라 타자 속에서의 '나'라는 인식에서 오는 '연결'이라는 통합된 인식은 그녀에게서는 볼 수 없었던 것이다. 도라는 폴의 지배자적인 폭력적 읽기의 노예가 되어 자기 자신만을 끊임없이 생각하던 유아적인 사고에서 벗어날 수 있는 새로운 통찰력을 얻게 된 것이다. 이러한 '공허'의 체험을 통해 생겨나는 그녀의 내적인 변모는 이제까지 도피를 일삼던 그녀의 태도에 커다란 변화를 초래한다. 지금까지 국립미술관에서 도라가 경험한 '공허'의 체험을 살펴보았다. 다음에서는 도라의 이러한 공허의 체험이 그녀의 삶 속에 이렇게 나타나는지 살펴본다.

도라는 자신의 문제가 해결될지도 모른다는 확신에 차서 임버로 돌아갔지만 예전과 전혀 달라진 것이 없는 임버 사람들로부터는 아무런 희망을 발견하지 못한다. 그녀는 임버 사람들이 모여 있는 집회소가 아닌 뜻밖의 장소에서 값진 발견을 하게 된다. 도라는 토비가 호수 속에서 종을 발견했다는 말을 듣자 '아라비아(Arab) 소년이 파피루스를 입수한 것처럼'(B 197) 생기를 얻는다. 그녀는 이 발견을 대단히 값지게 사용하리라 마음먹는다. 그녀는 종의 발견과 함께 기적을 꿈꾼다. 그녀가 바라는 기적은 옛 종을 새 종과 바꿔치기함으로써 모든 사람들을 깜짝 놀라게 하려는 것이다. 그녀는 이 계획에 확신을 느낀다.

도라가 이런 일을 계획하는 것은 이색적인 방법으로 '모든 사람들의 눈을 깨우쳐'(B 198) 그들의 정신을 고양시키려는 것이다. 사람들은 옛 종이 발견되었다는 사실에 놀라움을 금치 못할 것이며 기적에 대한 믿음을 가지고 순례의 삶을 계속 살게 될 거라고 그녀는 확신한다. 그러나 이러한 확신은 도라에게만 있는 것이다. 토비는 그것은 '속임수'(B 198)라고 말한다. 그러나 도라는 '환상적이고 멋진 일'(*B* 199)이지 나쁜 짓은 아니라고 말한다. 상상력이 풍부한 도라는 자신의 생각을 현실적으로 실행하는 데에 어떤 장애나 구속도 받지 않는다. 이것은 예술가적 상상력이 뛰어난 그녀에게서 나타나는 독특한 특징이기도 하다. 도라는 헌 종을 새 종과 바꿔치기하는 일에는 실패하지만 결국 홀로 사랑의 종을 울리게 된다. 도라는 제임스가 설교한 "진실을 말하는, 침묵시켜서는 안 되는 소리"(*B* 267)를 몸소 울리게 된다.

> 천둥 같은 큰 소리가 계속 울리며 몇 세기 동안이나 침묵하고 있던 목소리로 위대한 것이 새로이 이 세상에 돌아왔음을 알린다. 고함소리가 일어났다. 특징이 있는 목소리, 날카로운 목소리, 깜짝 놀랄 만큼 큰 목소리, 또렷하게 들리는 목소리가, 회관에서도, 수녀원에서도, 마을에서도, 길가에서도, 사방팔방으로 몇 마일이나 몇 마일이나 울려 퍼졌다고 후에 전해졌다.

> The thunderous noise continued, bellowing out in a voice that had been silent for centuries that some great thing was newly returned to the world. The clamour arose, distinctive, piercing, amazing, audible at the Court, at the Abbey, in the village, and along the road, so the story was told later, for many many miles in either direction(*B* 268).

머독은 옛 종을 울리는 도라의 행위를 통해 종교적 지탄과 심판을 받아 호수 밑바닥에 종처럼 버려진 사랑을 향한 인간의 절규를 효과적으로 되살려내고 있다. 이 종에는 "나는 사랑의 목소리다. 내 이름은 가브리엘(*Vox ego sum Amoris. Gabriel vocor*)."(*B* 221)이라고 새겨져 있다. 가브리엘은 예수의 탄생을 알리는 기쁜 소식을 전하는 천사이다. 또한 그 종의 표면에는 예수님의 탄생, 물고기를 잡는 모습, 최후의 만찬, 십자가에 못 박히는 장면이 새겨져 있다.

여기서 도라가 종을 울리는 행위에 내포된 의미는 좀 더 분명해진다. 그녀는 제임스의 말처럼 종을 울려 진실을 말하려는 것이다.

도라가 울리는 종소리는 단지 임버 회원들에게만 들리는 것이 아니다. 이 종소리는 회관을 넘어 수녀원을 지나 길가로 사방팔방으로 멀리멀리 퍼져 나간다. 도라는 종을 울리는 행위를 통해 진실은 교회 안이나 교회 밖이나 어디서나 울려 퍼져야 한다는 자신의 신념을 표출하고 있다. 여기서 머독은 종을 울리는 도라의 행위 속에 잠자는 영혼들을 깨우는 예언자적인 삶을 담아내고 있다.

도라의 참모습은 호수에 빠진 캐더린을 구하기 위해 자신의 목숨도 아끼지 않는 사랑의 몸짓에서 가장 명료하게 드러난다. 캐더린을 구하려던 도라는 물속으로 고꾸라지면서 그녀 자신도 죽을 위험에 처하게 된다. 클래어 수녀와 다른 구조대원들의 구출작전으로 천신만고 끝에 도라와 캐더린은 목숨을 건지게 된다. 도라는 뜻하지 않은 보상을 받게 된 것이다. 이러한 뜻밖의 보상은 도라가 기차간에서 노부인에게 좌석을 양보했을 때에도 경험한 것이다. 도라가 벌떡 일어나 좌석을 양보하자 노부인은 "덕분에 친구 옆에 앉게 됐군요. 저쪽에 내 자리가 있어요. 자리를 서로 바꿀까요?"(B 17)라고 말한다. 도라는 '도덕적인 행위를 행하고 바라지도 않던 보상까지 받게 되다니. 이런 기막힌 일이 또 있을까?'(B 17)라고 생각하며 예상치 못한 보상이 주어진 것에서 기쁨을 느낀다. 이처럼 머독은 보상을 바라지 않고 선을 행할 때 비로소 우리는 선을 행할 수 있다는 자신의 철학을 도라를 통해서 묘사하고 있다. 머독은 「신과 선에 관하여 On 'God' and 'Good'」에서 다음과 같이 선의 문제를 언급한다.

선이란 목적과는 무관하며 그것은 참으로 목적의 개념을 배제한다. '모든 것이 헛되다'는 것은 윤리학의 시작이자 끝이다. 선해질 수 있는 유일한 길은 인간의 마음을 포함하는 모든 '자연스러운 것'이 우연에, 즉 필연에 복종하는 사건 속에서 '보상을 바라지 않고' 선해지는 것이다. '보상을 바라지 않는'다는 것은 선 그 자체의 개념이 보이지 않는다거나 혹은 표현될 수 없는 텅 비임이라는 것과 관련된 경험이다.

The Good has nothing to do with purpose, indeed it excludes the idea of purpose. 'All is vanity' is the beginning and the end of ethics. The only genuine way to be good is to be good 'for nothing' in the midst of a scene where every 'natural thing', including one's own mind, is subject to chance, that is, to necessity. That 'for nothing' is indeed the experienced correlate of the invisibility or non-representable blankness of the idea of Good itself(*EM* 358).

위에서 볼 수 있듯이 머독은 선이란 분명 지식과 연결되어 있다고 보았다. 보상을 바라지 않고 선을 행하는 도라의 행위는 기차 간에서 자리를 양보하거나 나비를 보호하려는 선천적인 성향과도 결부되어 있다. 그러나 캐더린을 구하려고 자신의 목숨까지도 아끼지 않는 도라의 행위는 단순히 그녀의 천성적인 성향이라고만 볼 수는 없다. 이것은 분명 그녀가 도덕적으로 성숙한 것이라고 보아야 할 것이다.

도라가 도덕적으로 성숙해졌다는 증거는 공동체가 해체된 이후 더 잘 드러난다. 도라는 전에 볼 수 없었던 '신중하고 결연한 태도'(*B* 298)로 자신의 도움을 필요로 하는 장소에 남기로 결심한다. 그녀는 더 이상 도피하거나 무책임하게 행동하지 않는다. 그녀는 혼자 힘으로 수영을 터득하게 된다. 그뿐 아니라 요리를 하고 집안을 깨끗이 치우며 사무실을 정리한다. 그녀는 그림을 다시 그리기 시작하며 뜰을 돌보고 곳곳에 국화화분을 놓는다. 그녀는 임버에서 눈부시게 놀라울 정도로 성장한다. 그녀는 '대식가처럼 임버의 파국을 먹고 살찐 것이다.'(B 304) 도라의 정신적인 성장은 그녀의 실질적인 삶에서 성숙한 모습으로 나타난다. 머독은 도라의 이야기를 소설의 맨 처음과 끝 부분에 배치하여 도라의 정신적인 성숙을 뚜렷이 보여준다.

지금까지 『종』에서 머독이 제시하는 공허를 통해 드러나는 타자 읽기를 살펴보았다. 마이클과 도라의 공허는 그들 각자에게서 다르게 체험되고 있다. 마이클은 공허를 체험하면서 종교적인 환상에서 깨어나 주변 상황이나 사람들을 보다 객관적으로 보게 된다. 그러나 그에게서는 세상의 부조리를 끌어안을 만한 사랑의 모습은 나타나지 않는다. 반면 도라는 공허를 통해 얻게 되는 외적 실재에 대한 자각과 함께 타자를 향해 나아가는 도덕적으로 성숙한 면모를 지니게 된다. 머독은 마이클보다는 도라를 통해 초월적인 지식에 이르는 길을 명백히 제시하고 있으며 공허로부터 출현하는 타자읽기의 비전을 제시하고 있다. 다음에서 『상당히 명예로운 패배』에 나타난 '탈 창조'를 통한 타자읽기의 비전을 살펴보고자 한다.

Ⅲ

『상당히 명예로운 패배』: 탈 창조를

통한 타자읽기

1970년에 출판된 『상당히 명예로운 패배』에서 머독은 각종 장르를 뛰어나게 혼합시키는 데 성공했다고 볼 수 있다. 머독은 이 소설에서 심리학과 신화를 교묘하게 혼합시키며 인간의 본성과 자아에 관한 진지하면서도 정열적인 탐색과 역설적인 코믹성을 이색적으로 조화시키고 있다. 바이어트는 「머독 소설에 나타난 셰익스피어적 플롯 Shakespearean Plot in the Novels of Iris Murdoch」에서 자신이 머독의 후반부 소설 중에서 이 소설을 가장 좋아하는 이유는 "머독이 도덕의 핵심으로 간주하는 주시의 경험을 통해서 독자와 등장인물들이 모두 타인의 존재에로 끌리기 때문"(Bloom 89)이라고 밝히고 있다.

이 소설은 다른 어떤 소설보다도 개개인에 대한 환상을 뚜렷이 보여주는 소설이다. 머독은 예리한 통찰력으로 이 소설에 등장하는 인물들의 타자읽기를 묘사해 인간존재의 신비와 깊이를 다각적으로 보여주고 있다. 종교적인 우화[25])가 그 골격을 이루는 이 작품은 선과 악을 가르는 중심선에서 악으로 기울어진 어두운 측면의

---

25) 머독은 로즈메리 하틸과의 인터뷰에서 "그 책은 일종의 우화이다. ……모간의 남편인 탤리스는 쓸모없게 된 선인이거나 또는 혹자는, 동양적인 용어를 사용해서, 그는 일종의 훌륭한 영혼의 숭고한 육화라고 말할 것이다. 그의 줄리우스와의 갈등은 그 책의 중심부분이다. 줄리우스는 암흑의 천사, 세상의 왕자를 나타내며, 궁극적으로는, 물론, 탤리스와 줄리우스는 그들이 둘 다 영적인 존재이기 때문에 서로를 알아본다."(Hartill 84)라고 말했다. 피터 콘라디는 이 소설의 구조가 종교적인 우화로 되어 있으며 줄리우스 킹은 사탄, 탤리스는 그리스도적 인물, 탤리스의 아버지는 하느님 아버지라고 주장한다(Conradi, Saint 162).

파괴적인 힘을 날카롭게 조명한 소설이다. 책의 제목에서도 알 수 있듯이 그것은 악에 의한 선의 패배를 의미한다. 머독은 악마적인 인물인 줄리우스 킹(Julius King)과 도덕 선을 주장하는 루퍼트 포스터(Rupert Foster), 머독 소설에서 가장 선한 인물로 어느 정도 성공적으로 그려지고 있는 탤리스 브라운(Tallis Brown)과의 심도 깊은 도덕 토론을 통해 선과 악의 진상을 규명하며 인간 자아의 본질을 탐색하고 있다. 그러나 이 작품에서 머독이 제시하는 악에 패배힐 수밖에 없는 선이란 무엇인지를 살펴보기 위해서는 머독의 인간관과 선과 악의 개념을 살펴볼 필요가 있다. 머독이 지니고 있는 인간상은 다음에서 볼 수 있듯이 선과 악의 중간선상에서 갈등하는 인간상이다.

> 만일 우리가 철학적인 상을 찾고자 한다면, 나는 인간이란 선과 악 사이의 선상에서 살아가고 있으며, 인생의 매 순간순간은 행동뿐만 아니라 생각에 있어서도 이 선상에서의 갈등을 포함하고 있다는 점을 분명하게 드러내는 상을 취할 것이다.

> If one's looking for philosophical pictures, I would follow one which makes it very clear that human beings live on a line between good and evil, and every moment of one's life is involved in movement upon this line, in one's thoughts, as well as in the things one does(Hartill 84).

머독의 이러한 인간상은 어느 누구도 완전히 한쪽으로만 치우친 사람은 거의 없으며 그러기에 전적으로 선한 사람도 전적으로 악한 사람도 없다는 그녀의 생각을 보여준다. 머독은 루퍼트의 패배를 통해 '동굴' 속에 여전히 갇혀 있는 상태에서 악과 투쟁하는 것은 실패할 수밖에 없다는 것을 보여주고 있다. 왜냐하면 선이란 악과 정반대되는 개념이 아니라 전혀 다른 방식으로 인식되어야 하기 때문이다. 머독의 선 개념을 이해하기 위해서는 베이유가 제시하는 선과 악의 개념을 살펴볼 필요가 있다. 그녀는 악과 정반대되는 개념으로 간주되는 선은 '악과 대등한'(*GG* 120) 것으로 취급한다. 따라서 그녀는 '바리세인과 세리의 비유'에서 볼 수 있는 '열등한 덕'을 '선의 타락된 모습'(*GG* 120)으로 간주한다. "악이 침범하는 것은 선이 아니다. 선은 침범할 수 없는 것이기 때문이다. 단지 타락한 선만이 침범된다."(*GG* 120)

베이유는 '선은 악과 근본적으로 다른 것'(*GG* 120)으로 간주한다. 따라서 그녀는 "악을 정의하는 것과 같은 방식으로 정의되는 선은 부정되어야 한다."(*GG* 121)고 주장한다. 그녀는 참된 선은 우리 자신의 노력과는 무관하며 외부로부터 주어지는 것으로 간주한다(*GG* 94). 그녀가 그렇게 생각하는 이유는 우리는 '그 어떠한 경우에도 우리 자신보다 더 나은 어떤 것을 만들어 낼 수 없기'(*GG* 94) 때문이다. 따라서 그녀는 진실로 선을 향한 인간의 모든 노력은 결코 그 어떤 결실도 맺지 못한다고 보았다. 그러한 노력에 대한 선물은 선을 향한 길고도 헛된 긴장이 결국 절망으로 끝나고 아무것도 기대할 수 없을 때 오히려 '놀라운 기적처럼' 외부로부터 주어진다고 보았다. 그러한 무상의 보상은 비록 우리의 노력이 헛되다 할지라도 그러한 노력들이 우리들 내부에 자리 잡고 있던 '가짜 충만의 일부를 파괴'함으로써 '충만보다 더 가득 찬 신적인 공허'가 우리들 속에 자리 잡을 수 있는 빈 공간을 만들어 낼 때 가능한 것으로 보았다(*GG* 94). 머독은 베이유의 이러한 초월적인 보상이 무상으로 주어지는 시점에 착안했다고 볼 수 있다.

머독은 베이유와 마찬가지로 어떤 보상도 주어지지 않는 선을 이 소설의 제목을 통해 암시하고 있다. 이것은 인간의 의지로 도달할 수 없는 선의 불가능성과 모순, 선을 이루려고 하는 사람들이 필연적으로 접하게 되는 '공허'를 통해 인간의 참모습을 이해하고 사랑할 수 있는 비전을 제시하는 것이다. 머독은 선을 추구하는 과정 속에 반드시 접하게 되는 모순, 즉 그 끝의 정상에는 아무것도 없으며 텅 비어 있다는 것을 수용하는 것은 인간의 존재가 아무것도 아닌 '무'라는 것을 인정하는 것으로 간주한다. 머독은 그 '무'를 수용함으로써 목적과는 무관하게 선을 행할 때 비로소 인간은 선해질 수 있다는 역설을 주장한다.

이 존재의 '무'를 접하게 되는 과정 속에 필연적으로 수반되는 해체구축은 탈 창조로 들어가는 첫 관문이며 새로운 질서가 창조되는 시발점이다. 그러나 이러한 탈 창조가 일어나기 위해서는 무언가가 떨어져 나가는 부서짐이 반드시 수반된다(*GG* 81). 이러한 부서짐은 사물들 간에 묶여 있는 에너지를 해방시키며 억눌리고 왜곡된 인간관계에서 비롯되는 그릇된 타자읽기에 새로운 비전을 제공한다.

머독은 환상이 빚어내는 이미지로부터 해방되어 개개인의 실제 모습을 읽을 수 있을 때 인간은 진정 자유로울 수 있으며 타자를 있는 그대로 읽을 수 있는 객관적 시각을 얻게 된다고 보았다. 따라서 본 장에서 다루고자 하는 『상당히 명예로운 패배』에서는 힘의 논리에 의해 타인을 지배하기도 하고 지배당하기도 하는 일방적인 타자읽기를 베이유가 말하는 '노예'와 '정복'의 개념을 중심으로 살펴보고 노예나 정복의 파워게임에 걸려들지 않는 차별화된 읽기방식을 탤리스를 중심으로 살펴볼 것이다. 그 다음으로는 이기심에서 벗어나 타자를 객관적으로 인식하게 되는 과정을 '탈 창조'와 관련해 탐색해 보고자 한다.

## 1. 노예적 타자읽기와 정복자적 타자읽기

자아라는 감옥에 갇힌 채 타자를 읽기도 하고 읽히기도 하는 읽기 간의 충돌현상은 이 소설의 등장인물들 사이에 오고 가는 엇갈린 견해와 편견, 제멋대로의 환상과 뒤엉켜 복잡한 플롯을 만들어 낸다. 이 소설의 등장인물들은 독특하며 다양하다. 자신을 크게 내세우는 일없이 지적이고 강인하고 편안한 힐다 포스터(Hilda Forster), 주변 사람들의 부러움의 대상이 되는 힐다의 남편 루퍼트, 루퍼트의 허영심을 꿰뚫어보고 그를 무너뜨리려 하며 정의의 심판자로 행세하면서 주변의 모든 인간관계를 파괴하는 줄리우스, 어머니가 살아 있는 동안 서로 배척하며 상처를 주면서 서로 친해지고 의지하게 된 힐다와 모간(Morgan), 그러면서도 평생 언니 힐다의 그늘에서 벗어나지 못하고 정체성을 찾아 헤매는 모간, 아내인 모간의 방탕과 부정을 온몸으로 떠안고 고통을 감수하며 인내하는 모간의 남편 탤리스, 예민하고 어린애 같으며 쾌락을 좋아하는 사이몬(Simon), 지적이고 까다로우며 질투심이 강한 사이몬의 동성연애자 액슬(Axel), 어머니에 대한 사랑을 이모에 대한 사랑으로 대치하며 근친상간을 저지르려 하는 정서적으로 불안한 힐다의 아들 피터

(Peter) 등 등장인물들 간의 다채롭고 독특한 인간관계 속에서 서로 다른 읽기 간의 충돌이 빚어진다. 다음에서는 타자를 지배하기도 하고 지배당하기도 하는 노예적·정복자적 타자읽기를 모간과 줄리우스, 루퍼트와 모간과의 관계를 통해 살펴본다.

## 1) 모간과 줄리우스

이 소설의 등장인물들 중 노예적 타자읽기와 정복자적 타자읽기가 가장 두드러지게 나타나는 것은 모간과 줄리우스의 관계이다. 머독은 이 소설의 첫 시작을 '줄리우스 킹'이라는 말로 시작한다. 머독이 그의 이름을 첫 순간부터 거론하는 것은 앞으로 전개될 플롯에서 그가 차지하게 될 거대한 영향력을 암시하는 것이라고 볼 수 있다. 시작부터 등장인물들과 독자들의 시선을 한눈에 모으면서 등장하는 줄리우스의 마력은 시종일관 주변의 모든 등장인물들을 사로잡는 환상으로 작용한다.

머독은 소설의 첫 장면에서 힐다와 루퍼트가 결혼 20주년을 맞아 나누는 대화를 통해 앞으로 등장하게 될 모간과 줄리우스, 탤리스, 사이몬과 액슬에 대한 정보를 독자들에게 흘린다. 곧 이어지는 모간과 힐다와의 대화를 통해 머독은 독자들에게 줄리우스가 어떤 사람인지에 관한 궁금증과 기대를 점차로 증폭시켜 가며 이야기를 전개한다. 등장인물들의 대화를 통해 독자들에게 전달되는 줄리우스에 관한 정보는 대부분 모간을 통해 전달되며 그것은 다분히 모간의 환상으로 채색된 것이기에 독자들 또한 줄리우스에 대한 환상 속으로 쉽사리 빨려 들어간다. 이는 머독이 독자들을 환상의 세계로 끌어들이는 독특한 수법으로 머독에게 익숙한 독자들에게는 잘 알려진 전개방법이기도 하다.

모간은 이 책의 초반부에서 힐다에게 줄리우스를 '뛰어난', '비범한', '놀랍고도 경이로운'(*FD* 47) 사람으로 묘사한다. 모간은 그와 함께했던 경험을 '그 어떤 것보다도 숭고하며'(*FD* 46), '빛이 너무도 밝고 모든 것이 삶 그 이상'(*FD* 46)이었다고 회상하면서 그를 거의 신격화한다. 따라서 여기서 나타나는 줄리우스에 대한 모간의 읽기는 그의 실제 모습보다는 다분히 과장되고 채색된 이미지에 집착한 노예적 읽기임을 알 수 있다. 줄리우스와의 삶은 그녀가 따라가기에는 터무니없이 벅찬 삶이었고 그녀는 늘 그의 강렬한 빛 속에서 눈이 멀어 그를 우상시하며 그가 휘두르는 권력의 노예가 된다. 줄리우스는 그녀의 속옷을 가위로 자르고 그녀를 나체로 빈 집에 가두는 등 여러 가지 방법으로 모간을 사로잡는다.

모간은 그녀가 영국에 도착한 날 이브닝 스탠더드(*Evening Standard*)에 실린 줄리우스의 사진을 보자 그가 자신을 보러 영국에 왔기를 희망하며 '회복기 환자처럼'(*FD* 35) 침착하게 행동하려 애쓰는 모습에서 여전히 줄리우스를 극복하지 못한 것이 드러난다. 그녀는 자신과 그의 길을 다시 교차시키는 '사악하고 위로적인 운명의 신'(*FD* 135)에 자신을 맡긴다. 그녀는 줄리우스와의 관계가 끝났다고 힐다에게 말하면서도, 남편인 탤리스에게로 돌아가지도 못하고 줄리우스에 대한 마음을 정리하지도 못한다. 그녀는 줄리우스와 헤어지고 나서야 "내가 누구인지, 인생의 의미가 무엇인지?"(*FD* 47) 묻는 작업에 매달리기 시작한다. 탤리스와는 전적으로 다른 줄리우스와의 경험을 통해 모간은 남편에게서는 발견할 수 없었던 새로운 신화를 발견한다. 모간을 사로잡는 줄리우스의 매력은 바로 그가 지닌 '신화'이다. 다음에서 이어지는 모간과 힐다의 대화는 모간이 줄리우스에 대해 지니고 있는 환상을 가장 잘 나타내 주는 장면이다.

"그러나 탤리스는 신화가 없어. 줄리우스는 거의 모든 것이 신화지. 바로 그것이 나를 사로잡은 거야."

"줄리우스와의 삶은 재미있었니?"

"그 말은 너무나 부족한 표현이야. 줄리우스와 나는 신처럼 살았어. 나는 그것을 다 전할 수 없어. 언니도 알듯이, 어떤 면에서 탤리스는 병자야, 그는 완벽하게 건강하지만, 그의 건전성은 침울하고, 그것이 사람의 활력을 저하시키는 거야. 그에 대한 나의 사랑은 늘 신경질적이었고, 그는 상황을 편안하고 좋게 만들어 가는 본능을 갖추지 못했지. 탤리스는 내적인 삶도 없고, 자신에 대한 진정한 개념도 없는, 일종의 텅 빈 상태이지⋯⋯ 그는 모호하고 그러나 그는 여하튼 신비롭지가 않아. 줄리우스는 상당히 개방적이고 너무 분명하고 그러면서 또한 신비롭고 자극적이야⋯⋯ 줄리우스는 나를 천사로 변화시켰지. 그는 영적이며, 내적 생활로 충만하고, 존재 그 자체이며, 나를 존재로 충만케 하고 나를 견고하고 단단하며 실제적으로 만들었어."

"But Tallis has no myth. Julius is almost all myth. That was what took me."

"Life with Julius was fun?"

"That's a weak word. Julius and I lived like gods. I can't convey it to you. You know, in some way Tallis is a sick man. He's perfectly sane, but his sanity is depressing, it lowers one's vitality. My love for him was always so sort of nervy, and he hadn't the instincts for making things easy and nice. Tallis has got no inner life, no real conception of himself, there's a sort of emptiness⋯⋯ He's obscure and yet somwhow he's without mystery. Julius is so open and so *clear*, and yet he's mysterious and exciting too⋯⋯ Julius turned me into an angel. Julius is all soul, all inner life, all being, and he filled me with being and made me solid and compact and real."(*FD* 48)

모간은 줄리우스와의 삶이 비록 고통스럽긴 했지만, 거기에는 '정신과 영혼, 위트와 우아함과 스타일'(*FD* 48)이 있었다고 말한다. 반면 모간은 별거 중에 보내온 탤리스의 일상적인 내용이 담긴 진부한 편지들은 쳐다보기도 역겨워 개봉도 하지 않고 찢어버린다. 모간은 탤리스가 전쟁에서 자신의 존재를 상실했으며 그로 인해 '평범한 자연스러운 강인함'(*FD* 49)을 얻게 되었을 것으로 추측한다. 모간은 그를 유령이나 혹은 귀신을 불러들이는 정신 나간 남자쯤으로 생각한다. 그러나 문제의 진상을 꿰뚫어 보는 힐다는 모간이 줄리우스에게 지나치게 사로잡혀 있음을 간파하고 자유를 갈망하는 모간의 문제는 줄리우스를 극복하지 못하는 데서 비롯된 것임을 다음과 같이 지적한다. "너는 줄리우스를 극복해야만 해."(*FD* 49)

모간이 줄리우스의 환상에 사로잡혀 노예적인 반응을 보이는 것은 12장에서 잘 나타난다. 마실 것을 요청해도 마실 것을 주지 않는 줄리우스를 향해 모간이 장난스럽게 부르는 "킹 교수님"(*FD* 123)이라는 호칭에서 그 호칭에 대해 모간이 지니고 있는 이중적 의미를 엿볼 수 있다. 하나는 단순히 그의 성을 부르는 것이고 다른 하나는 그를 왕으로 숭배하는 것이다. 곧바로 이어지는 대화에서 줄리우스에 대한 모간의 일방적인 노예적 습성이 드러난다. 모간은 그를 왕으로 높이면서 동시에 자신을 종으로 낮춘다. 그녀는 그와 헤어지고 난 후 단 한순간도 그를 잊을 수 없었던 고통을 다음과 같이 묘사한다. "나는 당신을 숨 쉬고 당신을 먹고 당신을 마시고 당신 때문에 울었죠."(*FD* 124) 모간이 줄리우스를 향해 "비록 그것이 나를 불사르고, 심지어 나를 죽인다 할지라도"(*FD* 124)라고 말하거나 또는 "그것이 당신이 허락하시는 전부라면 당

신의 발에 키스하는 것으로도 만족하겠어요."(*FD* 129)라는 말에서
도 역시 그에게 병적으로 집착하고 있는 그녀의 노예적 습성이 드
러난다. 다음에서 모간은 그녀의 노예적인 본성을 노골적으로 드러
낸다. "나는 당신 것, 당신 것, 당신 것이었어요. ……줄리우스, 나
는 당신의 노예라도 될 수 있어요."(*FD* 125) 그러나 이에 대한 줄
리우스의 반응은 냉철하다. "나는 노예를 원치 않아."(*FD* 125) 책
의 후반부에서 줄리우스가 힐다에게 말하듯이 줄리우스가 원하는
것은 노예가 아니라 대화할 수 있는 너그럽고 따듯한 마음을 가진
상대라는 것을 모간은 읽지 못한다. 모간은 계속해서 줄리우스의
생각을 정확히 읽는 일에 실패한다.

그녀는 줄리우스가 자신을 잠시 떠나 있었던 것도 그녀에게 고
통을 주기 위한 것이었다고 판단하고 다음과 같이 말한다. "만일
당신이 내가 고통당하기를 원한다면, 나는 고통을 당하겠어요."(*FD*
125) 모간은 그와의 이별로 인해 충분히 고통을 당했으며 그 고통
이 그에 대한 자신의 사랑을 입증할 만한 충분한 증거가 되리라고
생각하지만 그것 역시 그녀의 오판임이 드러난다. "나는 당신이 고
통당하는 것을 원치 않아."(*FD* 125)

그가 원하는 것은 그녀를 노예로 삼는 것도 아니며 그녀를 고통
스럽게 하는 것도 아니다. 모간은 그녀에 대한 그의 '흥미가 사라
졌다.'(*FD* 125)는 것을 인정해야만 했다. 줄리우스는 한때 미국에
서 세균전에 관한 연구를 한 적이 있는데, 그가 그것을 그만둔 것
은 그의 도덕적인 양심 때문이 아니라 그 일에 싫증을 느꼈기 때
문이다. 이렇게 무엇에나 쉽사리 싫증을 느끼는 그는 모간에 대해
서도 싫증이 난 것이다. 그러나 이것을 인정하지 못하고 여전히

그들의 관계가 지속되기를 희망하는 모간에게 줄리우스는 현실을 직시하고 문제를 직면하도록 충고한다. 그는 모간에게 "너는 너 자신을 속이고 있어."(FD 125)라고 단도직입적으로 모간의 문제를 꼬집는다. 모간은 줄리우스에 대한 환상에 사로잡혀서 그의 실제의 모습을 직시하는 일에 실패하며 그가 자신에게 되돌아오리라고 확신함으로써 자신을 속이는 셈이 된다. 결국 그들의 대화는 '귀머거리들의 대화'처럼 단절되며 '품위 없고, 기괴하고, 추하며'(FD 125), '요점 없고 불필요한'(FD 125) 대화로 점철된다.

줄리우스의 정복자적인 타자읽기는 모간뿐 아니라 그의 주변의 대부분의 사람들을 파괴시키는 강력한 마력으로 작용한다. 그는 타인들을 사로잡는 특유의 매력으로 정복자적 읽기를 주변에 퍼뜨린다. 줄리우스는 자신이 루퍼트를 읽는 그대로 그가 그 자신을 읽지 않는 것에 대해 그를 무너뜨리기로 작정하며 동시에 그 음모에 사이몬을 끌어들여 사이몬과 액슬과의 관계를 위협하고 피터를 자극해 결국 루퍼트의 책을 훼손시키게 만든다. 그는 루퍼트의 가장 큰 약점인 처제 모간과의 관계를 이용해 꼭두각시놀음을 조작해서 루퍼트가 주장하는 도덕의 허구성을 입증하려 하며 결국 루퍼트의 도덕적인 선한 이미지를 파괴하고 그의 가정을 송두리째 뒤흔들어 놓음으로써 주변 사람들을 정복한다.

줄리우스는 홀연히 미국에서 돌아와 영국에 나타날 때도 신문을 통해 명성을 날리며 자신의 모습을 드러내고 다니는 곳마다 사람들의 관계를 파괴한다. 그는 주변 사람들의 모든 관계를 파괴시키고 다니면서도 정작 자신은 조금도 손상되지 않는다. 그런 점에서 그는 루시퍼(Lucifer)를 닮았다. 그는 정의를 내세워 파워 게임을 즐

긴다. 그러나 그의 주변 사람들은, 탤리스를 제외하고는, 그의 내면의 포악성을 읽지 못하며 오히려 그가 퍼뜨리는 거짓된 이미지의 포로가 됨으로써 파괴당한다. 유태인이며 유태인 수용소를 경험한 적이 있는 줄리우스는 그가 받은 상처와 고통을 자신에게만 한정시키지 않고 그를 만나는 거의 모든 사람들에게 전가시킨다. 그리고 그 결과는 파괴적이다. 베이유는 인간 내부에 존재하는 타락을 타인에게 전가하는 것을 악으로 간주했으며(*GG* 123) 악이 전이되는 경우, 그것은 '버식'과 같은 현상으로, 줄어드는 것이 아니라 오히려 늘어난다고 보았다. 악을 외적인 사물에 전이시키는 것은 '사물들 간의 관계를 왜곡시키는 것'(*GG* 124)이다. 어느 정도 외적인 안정감과 평온을 유지하던 등장인물들의 인간관계는 줄리우스의 등장과 함께 한순간에 송두리째 무너져 내리기 시작한다. 이것은 그 어떤 것도 한순간에 무너져 내릴 수 있다는 것을 보여준다. "어떤 인간도, 아무리 위대한 사람일지라도, 한순간에 무너질 수 있으며 피난처는 없다. 이것을 부정하는 어떤 이론도 거짓이다."(Murdoch, *Black* 19)

줄리우스는 정의라는 칼을 휘둘러 등장인물들의 인간관계를 왜곡시키고 파괴시킨다. "깨어질 수 없는 관계도 있다."(*FD* 208)고 주장하는 모간의 주장에 대해 그는 "모든 인간은 영리한 관찰자에 의해 쉽사리 이용될 수 있는 어마어마하게 커다란 결점들을 지니고 있다."(*FD* 208)고 반박한다. 그는 어떤 관계도 깨뜨릴 수 있다는 자신감을 천명한다. 줄리우스는 자신의 확신을 다음과 같이 말한다.

나는 어떤 사람도 누군가로부터 분리시킬 수 있지. 당신도 할 수 있는 일이야. 그 사람의 허영심을 충분히 이용하고, 약간의 불신을 퍼뜨리고, 각 사람이 다른 사람에 대해 비밀리에 심각하게 느끼고 있는 경멸감을 넌지시 암시해 봐. 사람은 자기 이웃보다는 자기 자신을 훨씬 더 사랑하거든. 누구라도 어떤 사람으로부터 떨어져 나가게 만들 수 있는 거지.

I could divide anybody from anybody. Even you could. Play sufficiently on a person's vanity, sow a little mistrust, hint at the contempt which every human being deeply, secretly feels for every other one. Every man loves himself so astronomically more than he loves his neighbour. Anyone can be made to drop anyone(FD 208).

줄리우스는 그의 말을 전적으로 신뢰하지 못하며 '결국에 가서는'(FD 208) 그럴 수도 있다고 마지못해 수긍하는 모간에게 "아니, 아니야, 신속히, 열흘 안에!"(FD 208)라는 말로 인간관계를 깨뜨리는 데는 긴 시간이 필요한 것이 아님을 확신 있게 주장한다. 그의 주장이 터무니없는 것이라고 속단하고 모간은 이 게임에 십 기니를 건다. 줄리우스는 이 게임을 삼, 사 주 안에 끝내겠다고 장담한다. 그들은 처음에는 그 희생의 대상자로 사이몬과 액슬을 선택하지만, 줄리우스는 나중에 생각을 달리한다. 그는 책이 거의 완성되어 감에 따라 가장 우월한 감정에 들떠 있는 루퍼트와 인간의 거짓된 이미지 구성에 탁월한 재주가 있는 모간을 조작된 드라마의 주인공으로 선택해 등장인물 간의 관계를 파괴한다. 지금까지 모간과 줄리우스의 관계에서 베이유가 말하는 전형적인 '노예'와 '정복'의 타자읽기를 살펴보았다. 다음에서 루퍼트와 모간의 관계를 살펴본다.

## 2) 루퍼트와 모간

공들여 쌓아왔던 그럴싸해 보이는 루퍼트의 미덕을 한순간에 허물어뜨리는 줄리우스의 공작에 루퍼트가 쉽게 말려드는 것은 줄리우스가 꾸며낸 모간식의 읽기에 그가 복종하는 데서 그 원인을 찾아볼 수 있다. 루퍼트는 자신을 스스로 '주일 형이상학자'(FD 18)라 부르며 '참된 미덕'에 관한 책을 저술하는 상당히 지적인 인물이다. 그는 아들 피터의 문제를 제외하고는 자신과 자신의 가정을 안정적으로 질서 있게 꾸려 나간다. 그러나 줄리우스가 소설의 후반부에서 탤리스에게 밝히듯이 루퍼트와 모간이 '허공에 들떠 있는'(FD 364) 것은 줄리우스의 터무니없는 공작이 성공할 수 있게 해 주는 요인이 된다. 그리고 그들의 감정이 보다 '격상되어'(FD 365) 있고 오히려 '순수할 때'(FD 365) 조작된 드라마는 최상의 효과를 발휘한다. 줄리우스는 '동정심'과 '허영심'과 '새로운 경험'(FD 365)이라는 3대 요소를 삽입해 드라마 속의 주인공들을 서로에게 눈먼 꼭두각시로 만드는 데 성공한다. 그의 무모하고도 무책임한 게임은 뱀처럼 예리하고 신속하게 루퍼트의 완벽해 보이는 성벽의 빈틈을 파고든다. 교활하며 술수에 능한 줄리우스가 거짓말로 조작한 편지 한 장은 루퍼트의 한쪽 발에 족쇄를 채워서 루퍼트가 어디로도 빠져나갈 수 없도록 한다. 이렇게 해서 그의 도덕 선은 무너져 내리기 시작한다. 다음에서 그의 판단이 균형을 잃고 한쪽으로 기울어져 가는 과정을 살펴본다.

사색가로서의 나의 모든 삶은 사랑의 힘을 믿도록 나를 이끌었다. 사

랑은 참으로 문제를 해결한다. ……그녀(모간)는 나를 현명한 사람이라고
불렀다. 그러한 사람처럼 행동하자. 참된 사랑은 침착하고 합리적이며 정
당한 것이다: 그것은 그림자나 꿈이 아니다. 그 구조의 정상은 텅 빈 것
이 아니다.

All my life as a thinking man has led me to believe in the power of
love. Love really does solve problems. ……She has called me wise: let me
attempt to be so. True love is calm temperate rational and just: and it is
not a shadow or a dream. The top of the structure is not empty(*FD* 226).

여기서 나타나는 그의 판단은 모간에 대한 순수한 사랑에서 우
러나왔다기보다는 다분히 모간이 자신을 어떻게 읽고 있는가에 쏠
리고 있음을 볼 수 있다. 이처럼 루퍼트가 모간의 읽기에 순응함
으로써 그는 모간보다 우월한 위치에서 모간의 지배를 받는 하수
인의 위치로 전락하게 된다. 거짓 사랑으로 위장된 루퍼트의 자기
중심주의는 그가 악에 패배할 수밖에 없는 근거를 제공해 준다.

루퍼트는 지금까지 그가 주장하던 그럴싸한 덕, 남들에게 존경받
을 만하고 인정받을 만한 고품격의 격조 높은 덕 이론이 허구이며
그 끝이 텅 비어 있고 아무것도 없다는 것을 수긍하지 못한다. 그
것은 그의 존재의 허무를 드러내는 것이므로 그로서는 수용할 수
없는 것이다. 그는 자신의 허무를 인정하고 수용하는 대신 자신이
그동안 쌓아온 모든 것을 한순간에 무너뜨리는 희생을 감수하고라
도 자신의 주장을 고수하고자 한다. 그리고 그것을 사랑이라는 이
름으로 정당화한다. 그러나 그는 자신이 사랑이라고 생각하는 그
밑바닥에는 처제 모간에 대한 지나친 애착이 도사리고 있음을 냉
철하게 보려 하지 않는다. 다음에서 머독은 내레이터의 음성으로
과연 그가 이 '아늑한' 유혹을 뿌리칠 수 있을지를 문제 삼는다.

그는, 평상시에는 전혀 문제가 되지 않을 정도로, 모간을 좋아하고 있었다. 그가 한때 줄리우스에게 했던 말은 사실이었다. 그는 그의 동기라고 하는 드라마를 경멸한다기보다는 무시해 왔다. 그는 단순히 진실한 비전을 추구했는데, 그것이 이제는 올바른 행위를 강요했다. 동기의 그림자 놀이는 끝없이 모호하고, 대단히 흥미롭지만 정말로 중요한 것은 아니었다. 그가 여기서, 미덕이라는 기계와 근사한 결정에 걸쇠를 걸고, 혼란스러운 애착인 아늑한 위험지대를 그냥 지나쳐 빠져나갈 수 있을까? 왜냐하면 그가 처제에게 극도로 애착하고 있다는 것은 의심의 여지가 없었기 때문이었다.

He was, in a way which ordinarily would not matter at all, damn fond of Morgan. What he had said to Julius once had been true: he had come not so much to despise as simply to ignore the drama of his motives. He sought simply for truthful vision, which in turn imposed right action. The shadow play of motives was a bottomless ambiguity, insidiously interesting but not really very important. Could he do it here, latch himself onto the machinery of virtue and decent decision, and simply slide past the warm treacherous area of confusing attachment? For there was no doubt that he was extremely attached to his sister－in－law(FD 226).

위에서 볼 수 있듯이 루퍼트는 '평상시에는 전혀 문제가 되지 않을 정도로' 모간을 좋아하고 있었지만, 이제 그는 이 선의 모호한 한계를 더 이상 버틸 수 없게 된다. 베이유는 악으로 기울지 않기 위해서는 '선이 악으로 이행하는 지점'(GG 102)을 잘 분간하라고 충고한다. 그녀는 '……하는 정도로'(GG 102) 등과 같은 비례법을 뛰어넘어야 한다고 주장한다. 그러나 루퍼트는 이 비례법에 안주하여 그 한계를 뛰어넘지 못하므로 악으로 기울게 된다.

머독은 루퍼트가 그동안 자신이 옳다고 생각하는 신념에 따라 행한 행위와 그가 내린 근사한 결정들 또한 기계적인 반응이었음을 드러낸다. 따라서 그가 처제의 달콤한 유혹을 뿌리치고 객관적으로 합리적인 결정을 내린다면 그것 역시 미덕이라는 수레바퀴를 따라 움직이는 기계적인 반응에 순응하는 것이다. 그러나 그가 그렇게 행동하기에도 때는 이미 늦었다. 그는 자기도 모르는 사이에 모간에 대한 애착이라는 수렁 속으로 깊이 빠져들고 있었던 것이다. 그러나 동기를 크게 문제 삼지 않는 루퍼트는 그것을 사랑으로 착각한다. 앞에서 언급했듯이 베이유는 선의 본질을 악과는 근본적으로 다른 것으로 보고 악에 노출되어 악에 곧 오염되고 마는 선은 그 모습이 아무리 선하고 아름답다 할지라도 순식간에 부패될 수 있다고 보았다. 베이유의 선과 악을 가르는 기준은 '실재성'이다. "선이란 인간과 사물에 대하여 보다 많은 실재성을 부여하는 것이고, 악은 그 실재성을 제거하는 것이다."(*GG* 127) 다음에서 베이유의 말을 들어본다.

> 선으로부터 선을 제거해 버리는 비실재성, 그것이 바로 악이다. 악은 언제나 선의 실재를 담고 있는 감지할 수 있는 것들을 파괴한다. 실재를 알지 못하는 자들이 악을 행하는 것이다. 이러한 의미에서 어느 누구도 자기의 의지로 악인이 되는 것은 아니라는 것이 사실이다. 힘의 관계에서는 부재가 실재를 파괴하는 힘을 지니게 된다.

> The unreality which takes the goodness from good, this is what constitutes evil. Evil is always the destruction of tangible things in which there is the real presence of good. Evil is carried out by those who have no knowledge of this real presence. In that sense it is true that no one is wicked voluntarily. The relations between forces give to absence the power to destroy presence(*GG* 127).

위에서 볼 수 있듯이 베이유에게 있어서 실재성의 유무는 선과 악을 판별하는 기준이 된다. 그러나 루퍼트에게서 볼 수 있는 모간에 대한 태도는 실재성이 제거된 환상 속에서의 조작이므로 그는 현실 속에서 설 자리를 잃게 된다. 줄리우스의 편지 한 장으로 조작된 거짓된 이미지 놀음은 헛되고 무가치한 것이며 진실 앞에서 아무 힘도 발휘하지 못하는 것이지만 루퍼트와 모간, 그들 중 어느 누구도 "여기 보세요, 나는 당신의 이 편지를 좀처럼 이해할 수가 없었어요."(FD 364)라든가 혹은 "나는 당신이 나를 사랑한다는 것을 알고 너무 당황했어요."(FD 364)라고 노골적으로 그들의 감정을 딜어놓지 못한다. 그들은 각자의 감정에 솔직하기보다는 상대방의 감정을 살피면서 서로에게 근사하게 행동하려는 모호한 태도를 취함으로써 줄리우스가 파놓은 함정에 빠져들게 된다.

앞에서 언급했듯이 머독의 인간상은 선과 악의 중간선상에 놓여 있다. 선과 악 중 어느 한쪽을 선택해야 하는 결정적인 순간에 인간이 취하는 행동은, 그 순간에 결정된다기보다는, 그 이전에 이미 생각 속에서 결정되어 있으며 잠재해 있던 것들이 단지 표면으로 드러나는 것이다. 따라서 평소에 잠재된 생각은 결정적인 순간에 선택하게 될 행동의 결과를 내포하고 있다고 볼 수 있다. 동기를 중요시하지 않는 루퍼트는 이 사소한 움직임에 대해 별 큰 의미를 부여하지 않는다. 그러나 그의 숨은 동기는 선택의 순간에 평소에 그의 행동방식과는 전혀 다른 방향으로 그를 강력하게 몰고 간다. 따라서 그는 평소에 지켜온 모든 사고의 균형을 잃게 된다.

루퍼트는 이미 그가 그 이전으로 되돌아갈 수 없음을 알고 있다. 아울러 그는 이러한 일들을 아내 힐다에게 말하지 않기로 결정한다. 이것은 그가 악으로 기우는 데 필수적이다. '가치 없는 모든 것은 빛을 피하기'(GG 107) 때문이다. 이 작은 결정, 모간으로 인해 벌어지게 될 모든 것을 힐다에게 숨기기로 결정함으로써 그는 빛을 피하게 된다. 이로 인해 루퍼트의 삶에는 어두움이 드리어지기 시작한다. 베이유의 주장대로, 악과 정반대되는 개념으로서의 선은 높은 차원의 선이 아니라 기껏해야 악보다 조금 나은 것이라고 볼 때, 악은 선과 전혀 다른 것이라기보다는 선의 그림자라고 볼 수 있다. 따라서 루퍼트가 공들여 쌓아 왔던 선한 생활은 그가 높이 쌓아 올려왔던 것만큼이나 그의 삶 속에 깊은 그림자를 드리운다.

루퍼트는 거의 완성되어 가고 있는 그의 책이 출판되어 세상에 알려지면 모간과 유사한 처지에 놓인 고통받는 사람들에게 자신의 책이 도움이 될 수 있을지 헤아려본다. 여기서 볼 수 있는 루퍼트의 모습은 자신의 미덕을 찬양하며 자기식의 읽기를 타자, 특히 모간에게 투사하려는 의도가 다분히 있음이 드러난다. 그는 그렇게 함으로써 자기식의 읽기를 타자에게 퍼뜨리고 자신의 세력을 확장하려는 것이다. 머독은 이러한 그의 생각이 그의 능력을 뛰어넘는 '주제넘은' 생각이라는 것을 내레이터의 음성으로 꼬집는다.

> 그녀(모간)는 길이 있다는 것을 알아야만 한다. 루퍼트의 생각은 이제 거의 완성되어 가는 도덕에 관한 책으로 자연스럽고도 익숙하게 빗겨 나갔다. 그리고 그는 그의 책이 모간처럼 그들의 참을성을 잃어버린 사람들에게 도움을 줄 수 있을지 자문해 본다. 그의 말이 다른 사람에게 위로를 주고 잘못된 결정을 검토하거나 훌륭한 결정을 고수하는 데 도움이 될 수 있을까? 이것은 주제넘은 생각이었다.

> She must see that there is *a way*. Rupert's mind swerved in a natural and familiar manner towards the book on morals which he had now so nearly finished, and he wondered to himself if that book would ever help anybody who had like Morgan lost their bearings. Would his words ever bring comfort to another, help ever to check a bad resolve or stiffen a

good one? It was a presumptuous thought(*FD* 221).

　루퍼트가 자신의 업적을 음미하며 자신을 은근히 치켜세우고 있을 때 정확히 그는 모간의 편지를 접하게 된다. 상황과 시간의 이러한 절묘한 일치와 우연의 개입은 그가 내세우는 도덕성의 허구를 비웃는 코믹한 효과를 배가시킨다. 의도적으로 조작된 줄리우스가 보낸 모간의 편지를 읽고 난 루퍼트는 "당신은 지금껏 내가 만난 사람 중 가장 현명한 사람"(*FD* 223)이라는 모간의 찬사와 간절히 도움을 요청하며 그를 사랑한 것에 대한 용서를 구하는 모간의 애절한 요구로 인해 혼란에 빠진다.

　루퍼트는 자신의 문제에서 한발 떨어져 나와 상황을 멀리서 바라보거나 시간을 가지고 힐다와 상의함으로써 문제를 빛 가운데 드러내어 객관적이면서 이성적인 판단을 내리는 대신 사랑이라는 로맨틱한 거짓된 위로로 채색된 처방책을 사용함으로써 모간의 구원자로 행세하기로 마음먹는다. 그러나 그의 이러한 처방책은 환자를 구원하지도 못할 뿐만 아니라 자신이 쌓아올린 그동안의 모든 노력을 물거품으로 만드는 결과를 초래하고 만다. 이 사건은 시간이 경과하면서 이 꼭두각시놀음에 걸려든 루퍼트와 모간뿐 아니라 이 놀음자체를 조작하고 연출해 온 장본인인 줄리우스마저도 더 이상 손댈 수 없는 파경으로 치닫게 된다.

　여기서 루퍼트의 행동이 일순간 균형을 잃고 한쪽으로 치우치게 되는 과정을 살펴보는 것은 흥미로운 일이다. 그가 안정적으로 지탱하고 있던 균형을 한순간 잃게 되는 것은 그에게 전달된 잘못된 지식이다. 그는 조작된 모간의 편지를 읽고 그녀가 영국으로 돌아온 이유를 뚜렷이 알게 된다. 그것은 남편인 탤리스나 애인인 줄리우스가 아닌 바로 루퍼트 자신에게로 도망쳐 온 것이다. 루퍼트는 모간이 자신을 '마지막 피난처'(FD 225)로 삼고 자신에게로 도망쳐왔다고 확신하며 그녀를 위기에서 구할 '아더왕의 기사'(FD 221)로 자처하고 나선다. 그러나 다음에서 볼 수 있듯이 사랑의 위대한 힘을 발휘해야 할 순간에 그에게는 확신이 없다.

> 그는 생각했다: 가엾은 모간. 그러자, 이것은 덜 유쾌한 생각이었는데, 우리 모두가 위험에 처해 있다고 그는 생각했다. 상황이 다시는 결코 똑같을 수 없을 것이다. 우리의 고요한 세계, 우리의 행복한 세계는 방해받았다. 인생은 염려스럽고, 불안하며, 예측할 수 없을 것이다.

> He thought: poor Morgan. Then he thought, and this was less pleasant, we are all endangered. Things can never be quite the same again. Our quiet world, our *happy* world, has been disturbed. Life will be anxious, uncomfortable, unpredictable(FD 225).

그는 그가 늘 주장해 온 사랑의 위대한 힘을 믿으며 예측할 수 없는 모호하고 끝없는 인생의 바닥을 향한 첫발을 내딛기 시작한다. 그러나 그의 결정에는 힘이 없고 승산이 없다. 그는 줄리우스가 쳐놓은 마법의 덫에 걸린 것이다. 이와 관련해 에덴동산에서 아담에게 사악한 지식을 전해 준 뱀의 이야기를 생각해 볼 필요가 있다. 고통과 쾌락을 지식의 근원으로 간주하는 베이유는 다음에서 볼 수 있듯이 인간은 오직 고통 속에서만 지식을 얻을 수 있다고 주장한다.

> 지식의 근원으로서의 고통과 쾌락. 뱀은 아담과 이브에게 지식을 얻어

주었다. 바다의 요정들은 율리시즈에게 지식을 주었다. 이 이야기들은 영혼이 쾌락 속에서 지식을 얻으려 하다가 파멸된다는 것을 가르쳐 준다. 그 이유는 무엇인가? 우리가 쾌락 속에서 지식을 얻으려 하지 않는다는 조건하에서만 그 쾌락은 죄 없는 것일 수 있는 것이다. 우리는 오직 고통 속에서만 지식을 얻을 수 있다.

Suffering and enjoyment as sources of knowledge. The serpent offered knowledge to Adam and Eve. The sirens offered knowledge to Ulysses. These stories teach that the soul is lost through seeking knowledge in pleasure. Why? Pleasure is perhaps innocent, on condition that we do not seek knowledge in it. It is permissible to seek that only in suffering(*GG* 135).

이처럼 베이유는 모든 쾌락의 추구는 '인공의 낙원이나 도취, 자기 확대를 추구하는 것'(*GG* 146)이며 인간은 쾌락 속에서는 지식을 얻을 수 없다고 보았다. 루퍼트가 자신이 주장하는 사랑의 철학 위에서 어떤 것을 결정하고 실행하려고 하는 태도에 큰 확신이 없고 불안해하는 것은 그가 참된 사랑에 뿌리박고 있지 못하다는 것을 단적으로 보여주는 것이다. 그것은 사랑에서 우러나오는 행위가 아니라 '자기 확장'이며 '쾌락의 추구'인 것이다. 아들 피터가 캠브리지로 되돌아가기를 바라는 것이나 모간의 탈선을 자기가 감싸 안으려 하는 모든 것이 겉으로는 그럴싸해 보이는 사랑과 근사한 미덕으로 보이나 실상은 자신의 명예와 자아의 확장을 추구하는 것이다. 그러기에 그에게는 숫자와 질서가 중요하다. 그는 안락한 가정과 견고한 도덕성 위에 자신을 필요로 하는 사람들을 돌봄으로써 미덕의 덕목을 늘려간다. 그러기에 그는 그가 돌봐야 할 사람인 사이몬과 힐다, 피터 외에 모간이라는 오갈 데 없는 불쌍한 처제가 한 사람 더 늘어난 것에 대해 내심 반긴다.

루퍼트의 약점을 정확히 파악하고 있는 줄리우스는 모간이라는 먹기 좋은 달콤한 사과에 거짓말을 약간 섞어 그에게 슬쩍 제공한다. 줄리우스는 사이몬을 끌어들여 꼭두각시놀음을 준비하며 루퍼트와 모간에게 환상의 마술을 걸어 광란의 꼭두각시 춤을 추게 한다. 그들이 이 놀음에 쉽사리 걸려드는 것은 그들이 서로에게 솔직하지 못하기 때문이다. 줄리우스는 이 점을 교묘히 이용한다. 줄리우스는 다음과 같이 이 게임의 승리를 확신한다.

> "……그들은 결코 서로에게 솔직히 말하지 않을 거야. 그들은 그런 종류의 정직성을 가지고 있지 않아. 그들은 둘 다 대단히 점잖은 사람들이지. 오 세련되고 고상한 혼란 속으로 그들 스스로 들어가다니!"……
> "……사랑이 아닌 허영심이 그들의 발을 인도하고 있는 거야. ……"
>
> "……They will never talk straight to each other, they haven't that kind of honesty, and they are both such *gentlemen*! Oh the refined and lofty muddle they will get themselves into!"……
> "……Vanity not love conducts their feet. ……"(*FD* 236)

현실을 외면한 채 고상한 허영심에 들떠 있는 그들을 한여름 밤의 꿈속으로 빠뜨리기 위해 줄리우스가 한 일은 '아주 작은 일'(*FD* 236)이며 나머지는 그들이 알아서 자동적으로 하는 것이다. 일단 작동된 기계장치인 그들의 '기사도와 허영심'(*FD* 236)은 멈추지 않고 계속 파국을 향해 치닫는다.

지금까지 모간과 줄리우스, 루퍼트와 모간 사이에서 벌어지는 지배와 복종의 읽기를 살펴보았다. 이들은 베이유가 말하는 '귀머거리들의 대화'처럼 서로를 알아듣지 못한다. 그들은 사랑이라는 이름하에 타인을 지배하기도 하고 지배당하기도 한다.

이 소설에서 인간관계를 지배하는 힘은 다양하다. 루퍼트는 그의 고상한 인격과 지식과 미덕으로 그의 아내 힐다를 지배한다. 반면 힐다는 동생 모간이 가지고 있지 않은 현명함과 따듯함과 권위로 모간에게 영향력을 발휘한다. 모간은 지성과 아름다운 외모와 엄마를 닮은 모습으로 피터를 사로잡고 동시에 형부의 남동생 사이몬과 근친상간을 저지른다. 그리고 가장 지적이며 냉철한 줄리우스는 거의 모든 인물들을 사로잡는다. 이들 중에서 인간관계를 지배하는 파위게임을 의도적으로 즐기는 사람은 줄리우스다. 그는 이 힘의 논리를 교묘히 이용해 인간관계를 파괴한다. 그런데 이들 중 지배와 복종의 파워게임에 쉽사리 걸려들지 않는 인물이 있다. 그는 모간의 남편인 탤리스다. 다음에서는 탤리스를 중심으로 타자읽기의 제3의 방식을 살펴보고자 한다.

## 2. 적극적 타자읽기

탤리스는 등장인물들 중 줄리우스가 퍼뜨리는 교묘한 술책에 걸려들지 않는 유일한 인물로 지금까지 살펴본 노예적 읽기나 정복자적 읽기와는 차별화된 독특한 방식으로 타자를 읽는다. 줄리우스는 "인간은 물 없이 살 수 없는 것처럼 권력 없이 살 수 없다."(*FD* 239)고 주장하며 자신에게 주어진 힘을 남용해 주변 인물들의 읽기를 교란시켜 관계를 깨뜨리나, 탤리스는 자신을 둘러싼 주변 인물들의 왜곡된 읽기에 빠져들지 않는다. 줄리우스는 가는 곳마다 인간관계를 파괴하고 다니나 탤리스는 오히려 떨어져 나갈 위기에 처한 모든 인간관계를 홀로 떠받치는 인물이다.

줄리우스가 세상을 지배하는 '암흑의 천사'라면 탤리스는 그의 지배를 받지 않으면서 독특한 방식으로 존재하는 또 다른 힘이다. 그러나 그에게서는 줄리우스에게서 볼 수 있는 화려함이나 신비감, 타인을 사로잡을 만한 마력적인 힘 따위는 찾아볼 수가 없다. 줄리우스는 그를 직접 무너뜨리기보다는 그의 주변 사람들을 무너뜨리므로 그의 존재를 뒤흔들지만 그를 쓰러뜨리지는 못한다. 줄리우스가 그의 정복자적 읽기를 탤리스에게 퍼뜨릴 수 없는 이유는 그에게는 악이 틈탈 만한 허영기가 보이지 않기 때문이다. 따라서 그의 존재방식은 낮음, 즉 겸손이라고 볼 수 있다.

탤리스는 다음과 같은 이유로 등장인물들 중 가장 '낮은 자'라고 볼 수 있다. 첫째로 탤리스는 루퍼트가 언급하듯이 '완벽하게 자존심 있는 지적인'(FD 13) 사람이면서도 남들에게 내세울 만한 번듯한 직업이나 업적을 지니지 않고 살아간다는 점이다. 그는 변변치 못한 수입으로 병든 아버지의 치료비와 모간의 생활비뿐 아니라 피터를 최소한의 집세만 받고 먹여 살려야 하는 이중 삼중의 생활고를 견디며 살아간다. 뿐만 아니라 그의 집은 늘 더럽고 지저분하고 '특이한 냄새'와 '세균들'(FD 302)로 득실거린다. 반면에 줄리우스는 지나칠 정도로 깨끗한 사람이다. 줄리우스는 탤리스에게 집을 깨끗이 청소하든지 아니면 아예 딴 곳으로 이사 가서 다시 시작해 보라고 충고하며 필요하다면 돈까지 빌려주겠다고 제안한다. 그러나 탤리스는 일언지하에 그의 제안을 거절한다.

루퍼트와 액슬, 그리고 줄리우스는 옥스퍼드(Oxford) 대학원 동창들이다. 탤리스는 그들과 비교해 실질적으로도 내세울 만한 것이 별로 없다. 이런 점을 들어 힐다는 탤리스가 모간의 남편감으로서의 자격이 부족하다고 판단한다. 힐다는 루퍼트에게 "탤리스는 모간이 선택해야 할 마지막 사람이었다."(*FD* 13)라고 말한다. 힐다는 탤리스가 조금만 더 분발하면 얼마든지 대학 교수직 같은 '근사한 직업'을 얻을 수도 있으며 저술 중이던 막스(Marx)와 드 토크빌(de Tocqueville)에 관한 책도 완성할 수도 있을 텐데 무엇 하나 확실히 뱃고 끊는 깃 없이 시작만 할 뿐 끝까지 마치지 못하는 그의 성격을 지탄한다. 더구나 힐다는 탤리스가 바람난 아내에 대해 질투심조차 느끼지 않는 것을 꼬집어 탤리스를 얼빠진 사람으로 치부한다. 힐다는 줄리우스를 '경탄할 만큼 매력적인 유태인'(*FD* 16)으로 보는 반면, 탤리스를 '무엇을 할 수 있고 무엇을 할 수 없는지를 전혀 모르는 사람'(*FD* 13)으로 간주한다.

둘째로 탤리스는 자기에게 주어진 어떤 권위도 힘으로 사용하지 않는다는 점이다. 이 점은 탤리스를 다른 등장인물들과 구별 짓는 특이한 점이다. 왜냐하면 줄리우스와 모간뿐 아니라 힐다와 모간, 액슬과 사이몬의 관계에서도 볼 수 있듯이 대부분의 등장인물들은 자신이 가지고 있는 약간의 힘을 사용해서라도 타인들을 지배하고 소유하려고 하지만 탤리스에게서는 그런 면을 조금도 찾아볼 수 없다. 힐다는 모간의 표류를 방관하는 탤리스에게 문제해결의 열쇠와 주도권이 그에게 주어져 있음을 일깨우며 그가 남편으로서의 권력을 사용해서라도 아내를 바로잡아야 한다고 충고한다. 루퍼트 역시 같은 주장을 편다. 그도 아내를 되찾아 오는 것은 남편의 의무임을 강조하며 필요하다면 힘을 사용해서라도 아내인 모간을 되찾아야 한다고 설득한다. 그는 모간의 방탕을 방조하는 탤리스의 과묵한 태도를 '일종의 복수'(FD 161)로 보고 지금은 근엄하게 있을 때가 아니라 필요하다면 폭력을 써서라도 아내를 되돌려야 한다고 충고한다. 그것이 사랑이며 사랑만이 이 상황을 바꿀 수 있다는 것이다. 그러기 위해서는 남편의 권위를 사용하라고 설득한다. "당신은 권위를 사용해야만 한다. 남편의 권위, 사랑스러운 남편의 권위"(FD 161)

이 상황에서 뭔가 행동을 취해야 하며 필요하다면 권력이라도 사용해야 한다고 종용하는 그들과는 달리 탤리스는 이 문제에 접근함에 있어 남편으로서의 권위 따위는 좀처럼 내세우려 하지 않는다. 그것이 아무리 정당한 권리라 해도 그는 그것을 거부한다. 처음부터 잘못되었다고 보는 아버지 레너드(Leonard)에게 그는 모간은 자유롭다고 말한다. 그는 "만일 그녀가 나를 만나지 않는다면 나도 그녀를 귀찮게 할 생각은 없다."(FD 93)고 말한다. 탤리스는 모간이 영국에 와 있다는 것을 이미 알고 있으면서도 그 어떤 계획도 세우지 않는다. 그리고 앞으로 일어날 일에 대해 어떤 것도 예견하지 않는다. "나는 내가 무엇을 할지 알지 못 한다. 내 말은, 내가 그것을 예언할 수 없다는 것이다."(FD 93) 탤리스의 이러한 면 때문에 주변 사람들은 그를 무능하고 분별력 없는 사람으로 간주한다. 모간도 지적하듯이 그는 '행동하는 데에는 별 소질이 없는 사람'(FD 252)으로 비쳐진다.

셋째로 탤리스는 가장 선한 인물이면서도 타인들의 잘못을 비난하고 판단하는 심판자로 행세하기보다는 가장 밑바닥에서 타인들의 고통을 흡수하는 사람이다. 그는 바람난 아내의 가출로 고통을 당하면서도 아내를 단죄하거나 비난하지 않으며 아내를 가로챈 친구 줄리우스에게도 앙심을 품지 않는다. 탤리스는 그가 열네 살 때 치한에게 성폭행을 당하고 숨진 여동생에 대한 기억으로 고통을 당하면서도 마약에 탐닉하며 남의 물건을 훔치는 습관이 있는 피터를 자기 집에 받아들여 함께 살며 암으로 죽어가는 늙은 아버지를 모시고 산다. 그러나 탤리스의 이러한 처신은 주변 사람들에게 선하게 비쳐지기보다는 오히려 빈축을 사며 어리석게 비쳐진다. 다음에서 힐다는 탤리스가 피터를 도울 수 있다고 생각하는 그 자체가 말썽이라고 말한다.

> 그게 문제예요. 불쌍한 늙은 탤리스는 종종 그가 사람들을 도울 수 있다고 생각하지만 사실 그는 절망적으로 무능해요. 그리고 그 집도, 루퍼트. 결코 깨끗한 적이 없어요. 더러운 잡동사니들로 어질러져 있죠. 동물원 같은 냄새가 난다구요. 그리고 그 늙은 아버지는 구석마다 불결한 것들을 만들어 놓죠. 이가 들끓는다 해도 나는 놀라지 않을 거예요, 물론 탤리스는 알아채지 못하겠지만. 피터는 훈련과 질서가 필요해요. 그런 고약한 냄새가 나는 쓰레기더미에서 사는 것은 그의 정신에 좋을 리가 없어요.

> That's the trouble. Poor old Tallis often thinks he can help people but really he's hopelessly incompetent. And that house, Rupert. It's never cleaned. It's littered with filthy junk of every sort. It smells like the Zoo. And the old father making messes in corners. I wouldn't be surprised if there were lice, only of course Tallis would never notice. Peter needs discipline and order. Living on that stinking rubbish heap can't be good for his mind(*FD* 12).

힐다는 탤리스의 지저분한 삶의 방식을 혐오하며 그가 피터를 도와주기는커녕 오히려 해가 될 것으로 생각한다. 아무런 형식도 질서도 없이 살면서 아내를 친구에게 빼앗기고 사는 탤리스의 삶이 힐다에게는 무능력한 매제로, 피터에게는 부조리하고 어리석은 이모부로 비쳐진다.

위에서 살펴본 여러 가지 점에서 탤리스 역시 줄리우스와 마찬가지로 주변 사람들에게 혼란을 가져다주는 인물이다. 그러나 그가 가져다주는 혼란은 줄리우스와는 전혀 다른 양상을 보인다. 줄리우스는 의도적으로 다른 사람들을 교란시키는 데서 파괴적인 힘을 드러내지만, 탤리스는 줄리우스와는 달리 힘을 전혀 사용하지 않음으로 인해 주변 사람들을 혼란스럽게 만든다. 탤리스가 주변 사람들에게 정당하게 읽혀지지 않는 것은 그가 다른 사람들이 지니는 어떤 형식이나 질서도 없이 독특한 존재양식을 띠기 때문이라고 볼 수 있다. 그것은 자신을 스스로 낮추는 그의 겸손이다. 따라서 탤리스에게서 나타나는 읽기 방식 또한 독특하다. 다른 인물들은 자기중심적인 시각에서 타자를 읽지만 탤리스가 다른 사람들을 어떻게 읽는지는 잘 나타나지 않는다. 그가 타자를 읽는 방식은 다른 등장인물들처럼 자기 방식대로 읽는 '자기중심적 읽기'가 아닌 타자의 참모습을 적절한 시점에 정확히 읽어내는 '적극적 읽기'이다. 그 한 예로 피터의 경우를 들 수 있다.

탤리스의 피터는 루퍼트의 피터나 혹은 힐다의 피터와는 매우 달랐다. 탤리스는 그것을 알고 있었다. 그의 부모와 함께할 때 피터는 어떤 역할을 감행했다. 탤리스는 이것이 나쁜 어떤 것이라고 생각했었지만 이제는 그것이 구원의 요소가 될 수도 있다고 믿기 시작하고 있었다. ……탤리스와 함께할 때 피터는 어떤 역할도 담당하지 않으며 절망에 가까운 취약성과 무방비 상태에서 살고 있었다.

Tallis's Peter was a very different person from Rupert's Peter or even

Hilda's Peter. Tallis knew that. With his parents Peter acted a part. Tallis
had thought this was something bad but was just now beginning to
believe that it might be an element of salvation. ……With Tallis Peter
had no role and lived in a state of vulnerability and nakedness which was
not too far from despair(FD 97).

탤리스는 피터의 모습에서 '인간의 비참함의 원인'과 인간을 움
직이는 '기계적인' 장치를 읽어낸다. 탤리스는 비록 피터가 그의
부모의 원의로 인해 다시 캠브리지로 돌아갈 수도 있겠지만, 그것
은 또다시 기계주의에 순응하는 것이며 그러한 계산 역시 피터에
게는 먹히지 않는 어리석은 것임을 알고 있다. 탤리스는 그럴싸하게
포장된 피터의 행위 속에 감추어진 위험성을 정확하게 읽어낸다.

피터는 사적인 신화와 개인적인 모험과 단지 그런 것에 만족된 아름다
움의 세계에 갇혀 있었다. 탤리스는 그 모든 위험들을 알고 있었다. 범죄
와 마약으로 절망적이며 정신적인 균형은 일그러져 있었다.

Peter was shut up inside a world of private mythology and personal
adventure and the picturesque ministered merely to that. Tallis knew of all
the dangers. There was crime, there was heroin, there was despair and
unbalance of the mind(FD 98).

그러나 탤리스가 피터에게서 읽어내는 심각한 위험성을 그의 부
모인 루퍼트와 힐다는 적나라하게 읽어내지 못한다. 루퍼트는 사랑
의 철학을 운운하며 사랑만이 피터의 문제를 풀 수 있다고 생각하
지만 자신의 사랑으로 아들의 탈선을 돌이킬 수 있을지에 확신이
없다.

탤리스의 적극적 읽기의 또 다른 예는 줄리우스이다. 줄리우스

는 교활한 속임수로 다른 인물들의 눈을 잠재우고 그가 원하는 대로 루퍼트와 모간을 파괴시키는 일에 성공하지만 자신이 계획했던 것 이상으로 사건이 번져가기 시작하자 해결할 수 없게 된 문제를 싸안고 탤리스를 찾아온다. 탤리스 앞에 선 줄리우스는 제법 진지하다. 그는 탤리스에게 숨김없이 꼭두각시놀음의 전모를 밝히며 모간과 루퍼트의 애정 사실과 함께 문제를 풀어갈 수 있는 해결책을 요청한다. 탤리스는 모간의 문제를 샅샅이 파헤치기 위해 돌아다니며 수소문하지 않지만, 적절한 시점에 감춰진 모든 것들이 줄리우스를 통해 그에게 저절로 드러나게 된다. 따라서 탤리스가 마침내 얻게 되는 사건의 전모에 관한 지식은 거짓이 아닌 사실이다. 사실에 기초한 탤리스의 판단과 행위는 정확하고 분명하다. 그는 줄리우스가 문제 해결을 위해 당장 해야 하는 할 일이 무엇인지 알고 그에 따른 적절한 행동을 지시한다. 비록 그것이 루퍼트의 죽음이라는 재난을 막지는 못했지만 그것은 깨어졌던 인간관계를 다시 회복시키는 결정적인 역할을 하게 된다.

지금까지 일방적 읽기와는 차별화된 적극적 타자읽기를 탤리스를 통해서 살펴보았다. 이것은 여타의 등장인물들의 읽기방식과는 상이한 것으로, 복잡하게 얽혀 있는 사실들을 정확한 시점에 명확히 알게 된다는 점에서 적극적 읽기라고 볼 수 있다. 그러한 읽기는 선을 실천하는 겸손한 사람들에게서 나타나는 지극히 드문 읽기이며 자아에 집착하며 쾌락을 추구하는 대부분의 평범한 인물들에게서는 볼 수 없는 것이다. 다음에서는 다른 등장인물들이 탈 창조 과정을 통해 환상과 거짓된 이미지가 빚어내는 일방적 읽기에서 벗어나는 과정을 살펴보고자 한다.

## 3. '탈 창조'를 통한 타자읽기

앞서 언급했듯이 베이유는 정신적인 각성인 '탈 창조'의 과정을 겪지 않고는 타인이나 외적 사물들의 실재를 볼 수 없다고 생각했다. '탈 창조'란 동굴 밖으로 나오는 것이며 '집착에서 벗어나는 것'(*GG* 66)이다. 앞에서 언급했듯이 베이유가 말하는 '탈 창조'는 악이 만들어 내는 '파괴'와는 전혀 다른 개념이다. '탈 창조' 과정에서 필연적으로 수반되는 자아의 파괴는 자아 밖에 존재하는 전체 속에서 올바른 위치에 존재하기 위하여 새로운 질서와 균형을 창조하는 과정이라고 볼 수 있다.

이미 언급한 것처럼 자신의 정체성을 찾아 헤매는 모간은 줄리우스가 입고 있는 가짜 신성의 노예가 되어 자신과 자신의 주변을 파괴시킨다. 줄리우스는 이러한 모간이 '혼란을 만들어 내는 강박적인 천재성'(*FD* 262)을 지니고 있다고 빈정댄다. 그러나 줄리우스의 참모습을 읽어내지 못하는 모간은 그를 신격화함으로써 눈이 먼다. 따라서 그녀는 자기 앞에 놓여 있는 현실을 직시하지 못하며 자신이 참으로 사랑해야 할 대상을 제대로 읽지 못한다. 모간과는 달리 루퍼트는 자신이 만들어 놓은 '커다란 완벽한 루퍼트 이미지'(*FD* 366)의 노예이다. 그는 처제 모간과의 애정관계에 휘말려 듦으로써 그동안 애써 쌓아올린 자신의 선한 이미지가 파괴되고 급기야 그가 호언장담하던 도덕적 교훈들을 써놓은 자신의 책마저 파손되자 힘을 잃고 의기소침해진다. 사이몬 역시 줄리우스의 노예가 되어 사실을 은폐하는 일에 가담함으로써 예견할 수 있는 가정파괴의 비극을 방치한다.

　파괴의 절정은 줄리우스의 악마적인 암시를 받은 피터가 루퍼트와 모간이 함께 있는 현장을 목격하고 분노가 극에 달해 루퍼트의 책을 완전히 찢어 훼손시켰을 때 발생한다. 불행히도 그 책은 복사본도 없는 유일한 원본이었기 때문에, 루퍼트의 분노와 실망과 좌절감은 최고조에 달한다. 피터 콘라디(Peter J. Conradi)는 이 사건을 "탈 창조 시리즈의 최고봉"(Saint 166)이라고 언급한다. 그러나 이것은 엄밀히 말해 베이유가 말하는 '탈 창조'라고는 볼 수 없다. 이것은 오히려 앞서 언급한 '파괴'에 속한다고 보는 편이 더 적절하다고 본다. 왜냐하면 그 결과가 루퍼트의 죽음이라는 허무로 끝나기 때문이다. 루퍼트의 책이 훼손되는 결정적인 사건 이전에도 이미 파괴의 조짐을 보이는 여러 개의 작은 사건들이 연속해서 벌어졌다. 힐다는 두 번씩이나 로션 병을 뒤집어엎거나 깨뜨린다. 모간은 탤리스의 사진, 사이몬의 바지, 읽어보지도 않은 탤리스로부터 온 편지, 힐다로부터 온 편지를 찢어버리며, 탤리스의 호박색 목걸이를 부서뜨린다. 줄리우스는 신문을 자름으로써 모간을 유혹하고, 그녀의 하얀색 나일론 드레스, 페티코트, 검정색 브래지어, 팬티, 양말대님, 스타킹을 자름으로써 그녀를 사로잡는다. 모간은 추위를 견디기 위해 커튼을 끌어 내린다.

　파괴를 초래하는 해체현상은 번식과도 같이 계속해서 퍼져 나간다. 이러한 해체현상은 외형적인 것뿐 아니라 내밀한 인간관계 속에서도 나타난다. 루퍼트와 모간의 애정 사실이 힐다에게 확실하게 밝혀지기도 전에 힐다는 루퍼트와의 관계가 깨어졌음을 느낀다. "그녀와 그녀의 남편 사이의 깊은 관계가 어느 정도 깨어졌다."(FD

284) 이러한 해체는 다음에서 알 수 있듯이 힐다와 루퍼트의 의사소통의 불능에서 가장 확실히 드러난다.

> 보는 것, 만지는 것, 말의 텔레파시, 침묵의 텔레파시, 신뢰하는 부부애의 충만한 신비, 그녀가 아주 당연히 여겨 왔던 것들이다. 이제 그녀는 뭔가가 달라졌다는 것을 의식했다. 루퍼트는 상당히 여느 때와 같지 않게 행동했다. 그는 신경질적이고 얼이 빠져 있으며 그녀의 눈을 피하는 것 같았다. 그의 어조가 약간 달라진 것 같았다. 수많은 작은 것들이 있었다. 크게 달라진 것은 루퍼트와 그녀의 의사소통의 채널이 의심할 여지없이 치단되었다는 것이다.

> Looking, touching, the telepathy of speech, the telepathy of silence, the full mystery of trusting married love, she had taken utterly for granted. Now she became aware that something had been altered. Rupert behaved very much though not quite as usual. He was nervy and abstracted and seemed to avoid her eye. The intonation of his voice seemed to be slightly different. There were a number of small things. The big thing was that her channels of communication with Rupert were indubitably blocked(*FD* 284 – 85).

줄리우스가 흘리고 다니는 암시로 인해 루퍼트와 모간에 대한 힐다의 의심이 불거지기 시작할 즈음, 모간과 루퍼트 사이의 갈등도 심화된다. 책을 축하하는 만찬에 모간과 함께 참가하는 것을 모면하기 위해 루퍼트는 모간에게 잠시 영국을 떠나도록 권유한다. 모간은 루퍼트의 간청으로 잠시 영국을 떠나 있기 위해 피카딜리(Piccadilly) 서커스역으로 간다. 거기서 발생한 뜻밖의 비둘기 사건으로 인해 모간은 핸드백과 그 속에 들어 있던 티켓과 여러 장의 신용카드와 수표를 동시에 잃어버린다. 모든 것을 잃고 쩔쩔매면서 에스컬레이터를 반쯤 오르고 있을 때 그녀는 반대편 에스컬레이터에서 내려가고 있는 탤리스를 얼핏 보게 된다.

그녀는 탤리스를 만나야 한다는 강박관념에 사로잡혀 탤리스를 따라잡기 위해 기차에 오르지만 그 기차마저 잘못 탄 것을 알고 다시 내려서 뛰기 시작한다. 그녀는 '끊임없이 울리는 전화기, 갇힌 비둘기, 잃어버린 핸드백, 세상의 공포'(FD 295) 등 연속해서 벌어지는 모든 상황을 '악몽'으로 느낀다. 결국 탤리스의 집에 도착한 모간은 피터로부터 탤리스가 수업이 있어서 그린포드(Greenford)로 갔으며 버스를 타고 갔으므로 그를 봤을 리가 없다는 말을 듣게 된다. 그녀는 에스컬레이터 밑에 있던 비둘기를 떠올리면서 동시에 자신이 유산시킨 배 속의 아이를 떠올린다. 그녀는 비로소 몇 달밖에 안 된 어린 아이의 생명을 파괴시킨다는 것이 얼마나 끔찍한 일이었는지를 깨닫게 된다.

여기서 모간에게 연속해서 벌어지는 당황스러운 공포 상황은 그동안 자신이 저지른 비도덕적인 행위에 대한 그녀 스스로의 무의식적인 처벌 현상이라고 볼 수 있다. 프로이트는 초자아를 각 사람의 도덕률로 간주한다. 그는 '현실적인 것보다는 이상적인 것을 대표하고 현실이나 쾌락보다는 완성을 지향'(프로이트 30)하는 초자아를 도덕적 위반 행위를 처벌하는 '퍼스낼리티의 도덕적 또는 사법적 측면'(프로이트 32)으로 간주한다. 이 초자아는 도덕을 위반했을 때 그에 상응한 처벌을 내리며, 그 결과 도덕 위반자들은 '위장 장애, 손실, 귀중한 물품의 상실'을 경험한다는 것이다. 잇달아 일어나는 상실에도 불구하고 모간은 자신의 문제를 직시하지 못하고 지나치게 자아에 집착함으로써 상황을 극한까지 몰고 간다.

루퍼트와의 사랑이 깨어질 위기에 처하고 모든 것을 힐다에게 고백하라는 루퍼트의 말을 듣게 되자 모간은 이 사랑을 영원히 간직하기 위해 스스로 해결책을 강구한다. 그것은 루퍼트와 '영원히, 너무 너무 친한'(FD 281) 친구 사이로 남는 것이다. 여기서 모간이 스스로 찾아낸 해결책은 아무런 대가나 희생을 치르지 않고 어떤 탈 창조의 과정도 겪지 않으며 모든 것을 솔직히 털어놓고 인정하는 과정 중에 수반되는 자신의 뼈를 깎는 참회나 뉘우침 없이, 단지 외형만을 달리해 사람들의 눈을 속여 그와의 내적인 애정관계를 유지하겠다는 파렴치한 것이다.

모간은 타인들의 의심을 피해 누구에게도 상처주지 않으면서 루퍼트와의 관계를 영원한 친구 사이로 지속할 수 있으리라는 환상에 젖어 여전히 '인생은 그녀 편이었다.'(FD 281)고 착각한다. 하지만 그녀에게 닥친 현실은 그녀의 환상을 철저히 파괴한다. 루퍼트가 수면제와 술을 과다하게 마시고 수영장에 빠져 죽음으로써 조작된 두 연인의 환상적인 드라마는 결국 허무하게 끝을 맺는다. 여기서 루퍼트의 죽음은, 줄리우스와 탤리스의 대화에서 밝혀지듯이, 자살이 아니라 우연한 실수로 해석된다. 머독은 루퍼트의 죽음마저도 실수로 처리함으로써 잔뜩 고조된 독자들의 긴장을 한풀 누그러뜨리면서, 다른 한편으로는 우연이 인생에 던지는 의미의 심각성을 부각시키고 있다.

이 우연성은 머독 작품을 이해하는 중요한 열쇠가 된다. 왜냐하면 머독이 주장하는 선은 "참된 죽음과 참된 우연성과 참된 무상함과 연결되어 있다."(EM 385)고 보기 때문이다. 머독 소설에서 죽음은 종종 고정되고 억압된, 그리고 잘못 형성된 에너지를 해체시켜 올바른 관계를 회복하도록 하는 어떤 힘으로 작용한다. 머독에게 있어 죽음을 수용한다는 것은 우리 자신의 무를 수용하는 것이다. 그러나 루퍼트는 자신의 무를 수용하지 못하고 죽음을 자초한다. 줄리우스는 그의 죽음의 원인을 이미지 훼손에서 오는 상실감으로 분석한다.

> 루퍼트는 정말로 선을 사랑한 것이 아니었다. 그는 커다랗게 부과된 선한 루퍼트 이미지를 사랑했다. 루퍼트는 익사로 죽은 것이 아니다. 그는 허영심으로 인해 죽은 것이다.
>
> Rupert didn't really love goodness. He loved a big imposing good Rupert image. Rupert didn't die of drowning. He died of vanity(*FD* 384).

루퍼트의 부정으로 상처받은 힐다가 루퍼트와 모간에게 프랑스로 간다는 편지만을 남기고 자취를 감춘 것은 줄리우스의 말대로 '폭력적인 몸짓'으로 분노를 표출해 남편과 모간을 더욱 비참하게 만들고 죄책감에 빠지게 하여 자신의 상처받은 자존심을 보상받고 싶었던 것이다. 그녀는 런던을 떠나고 나서야 자신이 도주한 원인을 깨닫게 된다. 그녀가 도망친 것은 그들을 처벌하기 위한 것이었다. 그러나 힐다의 이러한 보복행위는 사태를 더욱 복잡하게 만든다.

힐다는 지금까지 자기 자신을 위해 살아온 것이 아니라 '루퍼트의 아내이며 모간의 언니이며 피터의 엄마'(*FD* 379)로서 사생활을 누리지 못한 채 살아왔던 것이다. 그녀는 남편과 여동생을 동시에 잃어버림으로써 삶을 지탱할 수 있는 균형점을 상실한다. 따라서 힐다의 보복행위는 본질적으로 균형을 향한 욕망이라고 볼 수 있다. 힐다의 보복행위는 주변 인물들 뿐 아니라 자기 자신마저도 파괴한다. 힐다는 루퍼트에게 끔찍한 편지를 써놓고 온 것을 후회하면서도 그들의 괘씸한 행위를 상상하면서 괴로워한다. 힐다는 그들에 의해 자신이 잔인하게 파괴당한 것을 생각하며 울부짖는다. 다음에서 힐다의 생각이 뚜렷이 나타난다.

> 그녀(힐다)는 생각했다. 나는 그 특별한 동맹에 의해, 그 특이하고도 절대적인 잔인성에 의해, 파괴된 사람이다. 그들은 미래가 있지만, 나는 미래가 없다. 결국, 루퍼트와 나는 전처럼 돌아가려고 할 수 있을까? 모든 상황이 결코 저처럼 될 수 없다. ……나는 모간 없이 존재할 수 없지만 그러나 지금은 그녀와 함께 존재한다는 것은 전적으로 불가능하다. 나는 그녀를 내 삶에 도로 받아들일 수 없다. 오 나는 이제 어떻게 될까?

> She thought, I am the one that is destroyed, by that particular alliance, by that special and absolute cruelty. They have futures, I have none. Can Rupert and I, in the end, attempt to go on as before? Things can never be as before, ……I cannot exist without Morgan and yet now it is utterly impossible to exist with her. I cannot accept her back into my life. Oh what will become of me now?(*FD* 370 – 71)

힐다는 배신감에 떨며 과거나 미래로 갈 수 없게 된 자신을 보게 된다. 힐다는 남편의 책에 대단한 애착을 가지고 있었다. 힐다에게 남편의 성공과 명성은 곧 자신의 행복과 미래였다. 힐다는 남편의 책이 출판됨으로써 자신에게 돌아올 영광을 생각하며 '포스터 여사로부터'(*FD* 18)라고 인쇄된 '핑크빛 엽서'(*FD* 18)를 꿈꿔왔다. 남편과 아들의 성공에 기대를 걸고 있었던 힐다는 자신의 희망이 철저히 파괴된 것을 보게 된다. 그녀는 모간을 용서하지 못한다. 그녀는 자신의 삶 속에서 모간을 제외시킴으로써 모간을 단죄하고 징벌하려는 것이다. 그렇게 함으로써 상실한 균형을 되찾으려는 것이다. 그러나 베이유는 소유한 모든 것을 상실함으로써 생기는 '공허'를 만나게 될 때 그 빈자리를 상상적인 보복으로 채움으로써 균형을 찾을 것이 아니라 다른 차원에서 균형을 찾아야 한다고 주장한다(GG 50 - 1).

베이유가 말하는 다른 차원이란 불행에 빠졌을 때 그 불행을 바라봄으로써 자기 마음속에 생긴 텅 빈 '공허'를 견디어 내는 것을 의미한다. 베이유는 불행을 바라볼 수 있는 힘을 갖기 위해서는 '초자연적인 양식'(GG 52)이 필요하다고 보았다. 그러나 그 초자연적인 양식은 빈자리가 있는 곳에만 들어올 수 있다. 보상을 받고자 하는 욕망은 그것이 어떤 형태의 보상이든 에너지를 타락시키는 것이다. 불행에 빠졌을 때 보상받고 싶은 욕망을 억누르고 보상 없이 견딜 때 베이유는 초자연적인 양식인 은총이 주어진다고 보았다.

모간으로 인해 자존심에 치명적인 상처를 입은 힐다는 자신의 존재 이유와 가치를 둘러싼 본질적인 문제에 직면하게 한다. 그녀는 원망과 분노로 가득 차 '공허'를 빈 채로 견딜 수 있는 힘이 없다. 이와 시점을 맞춰 탤리스는 재빠른 판단으로 줄리우스로 하여금 즉시 힐다에게 전화를 걸게 한다. 탤리스는 루퍼트와 모간의 관계가 줄리우스에 의해 허위로 조작된 것이라는 사실을 숨김없이 힐다에게 밝혀야 한다고 주장한 것이다. 탤리스의 이 단순하면서도 정확한 판단은 돌이킬 수 없이 복잡해진 문제를 한순간에 해결할 수 있는 역동적인 에너지를 창출한다. 줄리우스와 탤리스의 전화를 받고 전후 상황을 이해하게 된 힐다는 즉시 사태를 수습할 수 있는 역동적인 에너지를 발휘한다. 그녀는 루퍼트와 모간을 구하는 일에 앞장선다. 비록 그녀의 열정적인 노력이 남편 루퍼트를 죽음에서 구하는 데는 실패하지만 동생 모간과의 신뢰적인 관계를 회복하는 데는 성공한다.

여기서 볼 수 있는 힐다의 사고와 시각의 전환은 그동안 루퍼트와 모간에 대해 그녀가 생각하고 판단해 온 것들이 전적으로 잘못되었으며 사실과 전혀 다르다는 것을 깨닫게 되면서부터 일어난다. 이것은 힐다의 사고방식을 전적으로 뒤엎는 것으로 주관과 객관이 뒤바뀌는 일종의 '탈 창조'이다. 그녀는 심판자와 처벌자의 자세에서 구원자의 자세로 돌변한다. 힐다는 그동안 남편과 모간이 저지른 모든 잘못을 용서하고 포용할 수 있는 사랑의 마음을 회복한다.

줄리우스의 공작의 전모가 공개적으로 밝혀지면서 또 다른 희생자인 사이몬도 모든 것을 액슬에게 고백하고 액슬과의 사랑을 회복하게 된다. 머독은 아폴로(Apollo)와 마르시아스(Marsyas)[26]라는 그리스 신화를 액슬과 사이몬의 관계를 통해 재구성하면서 이기심에서 벗어나는 길을 제시하고 있다. 이 신화에서 마르시아스가 문자 그대로 껍질이 벗겨지는 죽음의 고통을 통해 이기심에서 벗어나게 되듯이, 액슬과 사이몬도 질투와 불신의 고통스런 과정을 거쳐 마침내 사랑과 신뢰를 회복하게 된다. 루퍼트의 우연한 죽음으로 등장인물들 간의 긴장된 모든 관계가 풀려나면서 액슬과 사이

---

26) 그리스 문헌에 따르면 마르시아스는 아테나 여신이 만든 피리를 발견해 연습에 익숙해지자 아폴로에게 그의 리라 연주와 시합하자고 도전한다. 이 시합에서 심판관인 뮤즈여신들이 아폴로가 이겼다고 판정을 내리자 시합에서 승리한 아폴로는 그 형벌로 마르시아스를 나무에 묶고 살가죽을 벗겼다고 한다(불핀치 265). 이 신화는 머독이 가장 좋아하는 신화 중의 하나로 머독 소설에 가끔 등장한다. 머독은 이 신화를 소설 속에서 재구성해 등장인물들이 죽음과도 같은 고통을 통해 이기심에서 벗어나는 길을 제시하고 있다. 머독은 이 신화를 이 소설뿐 아니라 『흑 왕자』에서도 다시 쓰고 있다(Nicol 91-4, 베일리 136 참조).

몬의 관계도 보다 성숙한 관계로 발전한다. 고통을 통해 자신들의 이기심을 보게 된 그들은 마음을 열고 이웃과 사회 속으로 좀 더 깊이 들어가야 할 필요성을 깨닫는다. 타인과 세상을 향해 문을 여는 그들의 성숙해진 모습을 액슬과 사이몬의 다음 대화에서 살펴본다.

> "우리는 너무도 서로에 대한 사랑 속에서 살아왔어."……
> "나는 우리가 더 많은 사람들을 보고 세상 속에서 더 많이 살아야 한다고 생각해. 우리는 서로에게 너무도 갇혀 살았어."
> "맞아, 당신도 알다시피, 만일 우리가 더 많은 사람들을 만나고 더 많이 함께 외출한다면 그것은 나에게 일종의 확신을 줄 거라고 생각해요."
> "아마도 그것은 동성애와 관련이 있을 거야. 우리 모두는 사회를 약간 두려워하고 있어. 숨기는 경향이 있지. 그건 나쁜 거야."
> "타임지에 편지를 보내 영국정부에 모든 것을 말하려는 것은 아니죠?"
> "아니. 그것은 그들이 할 일이 아니야. 그러나 우리는 그렇게 숨겨서는 안 되는 거지. 나는 만일 우리가 좀 더 공개적으로 살았다면 이렇게 끔찍한 혼란 속에 끼어들지는 않았을 거라고 생각해."

> "We have lived too much inside our love for each other."……
> "…… I think we should see more people and live more in the world. We've been so shut in with each other."
> "Yes. You know, I think if we saw more people and went about more together it would sort of give me confidence."
> "It's probably to do with being homosexual. We're all a bit afraid of society. There's tendency to hide. It's bad."
> "You don't want to send that letter to The Times or tell all Whitehall?"
> "No. It's not their business. But we shouldn't hide so. I think if we'd been living more in the open we mightn't have been involved in this terrible muddle."(FD 388)

액슬과 사이몬은 비로소 자신들이 이기적인 사랑 속에 오랫동안

간혀 살았다는 사실을 인식하게 된다. 이러한 깨달음과 함께 그들은 또한 탤리스를 새롭게 읽을 수 있는 객관적인 시각을 얻게 된다. 그들은 탤리스가 줄리우스에게 곧장 전화를 걸게 한 것이 얼마나 올바른 행위였는지를 알게 된다. 아울러 그들은 타인들의 문제를 도외시한 그들의 행위가 얼마나 이기적이며 '자기도취적인' 태도였는지 깨닫게 된다. 그들은 동성애를 바라보는 사회적인 따가운 눈초리와 부정적인 편견에 대한 두려움을 깨고 당당히 더 많은 사람들과 사회 속으로 들어가야 한다는 통찰을 얻게 된다. 이러한 통찰은 이기적인 사고의 틀을 깨고 밖으로 나오는 각성을 통해 얻어지는 것이다. 그것은 이기심에 묶여 있던 그들을 자유롭게 해주는 사랑의 비전이다. 그들은 어렵게 터득한 객관적인 비전 속에서 세상을 향해 나아갈 수 있는 용기를 얻는다. 또한 탤리스에게 보낸 힐다의 편지내용으로 보아 힐다와 모간의 관계도 갈등을 극복하고 평화를 되찾은 것으로 독자들에게 알려진다.

이처럼 책의 끝에서 등장인물들은 줄리우스의 마법에서 풀려나면서 서로 간의 갈등을 극복하고 가까스로 평화의 섬에 닻을 내리는 것으로 묘사된다. 그러나 유독 탤리스만은 그 어떤 위로나 보상도 받지 못하며 여전히 고통스러운 현실을 떠안고 있는 것으로 묘사된다. 탤리스는 지금까지 그의 부친이 '끔찍이 고약한 삶'을 살아왔으며 "이제 거의 끝나가고 있다."(FD 400)고 말함으로써 아버지의 죽음이 임박했음을 알리며 앞으로 닥칠 아버지의 죽음은 그에게 참을 수 없는 고통이 될 것임을 암시해 주고 있다. 탤리스는 머독 소설에서 드물게 묘사되는 선한 사람이다. 다음에서 선한 사람에 대한 머독의 생각을 들어본다.

선한 사람은 겸손하다. 그는 거대한 신 칸트주의자 루시퍼와는 매우 다르다. ……겸손한 사람은, 그가 그 자신을 무로 생각하기에, 다른 것들을 있는 그대로 볼 수 있다. 그는 미덕의 끝이 없음과 독특한 가치와 한량없는 요구를 알고 있다. 신께 영혼을 노출시킨다는 것은 그것(영혼)의 이기적인 부분에 고통이 아닌 죽음을 선고하는 것임을 시몬느 베이유는 우리에게 말해 주고 있다. 겸손한 사람은 고통과 죽음 사이의 거리를 감지한다. 그래서 그가 비록 자명하게 선한 사람이 아니라 할지라도, 그는 무엇보다 선하게 될 수 있는 그런 종류의 사람이다.

The good man is humble; he is very unlike the big neo‒Kantian Lucifer. ……The humble man, because he sees himself as nothing, can see other things as they are. He sees the pointlessness of virtue and its unique value and the endless extent of its demand. Simone Weil tells us that the exposure of the soul to God condemns the selfish part of it not to suffering but to death. The humble man perceives the distance between suffering and death. And, although he is not by definition the good man, perhaps he is the kind of man who is most likely of all to become good(*EM* 385).

이처럼 머독은 선한 사람, 즉 겸손한 사람은 자신을 '무'로 생각하기에 타자를 '있는 그대로' 볼 수 있다고 보았다. 이미 언급했듯이 베이유 역시 '전체 속에서 참된 자리에 있기 위하여 스스로 무'가 되어야 하며, 자신이 '무'라는 것을 알고 나면 '무가 되는 것이 모든 노력의 목표'가 되어야 한다고 보았다. 왜냐하면 사람은 '자기가 포기하는 것만을 소유'(*GG* 80)할 수 있으며 포기함으로써 인간은 스스로 무가 될 수 있고 자아 밖에 존재하는 전체와 조화를 이룰 수 있기 때문이다. "우리는 우리 자신을 탈 창조함으로써 이 세계의 창조에 참여한다."(*GG* 80) 이러한 '탈 창조'는 이기심에 묶여 있던 불필요한 에너지를 해방시키는 것이며, '자아(사회적 자아, 심리적 자아 등)'(*GG* 79)를 이기적인 욕망 속으로 축소시킴으로써 방출했던 타락한 에너지를 환원시키는 것이다. 그리고 그것을 가능케 하는 유일한 방법은 죽음이다. 따라서 베이유는 탈 창조를 가능케 하는 것을 죽음으로 보았다. 그녀는 고통과 죽음의 차이를 엄격히 구분 짓고 그 차이에서 오는 먼 거리를 인정하고 영원히 계속될지도 모르는 고통의 '그 무한을 받아들이고 사랑하며 응시함으로써'(GG 66) 인간은 고통에서 벗어나 '영원에 이르게 된다.'(GG 66)고 보았다.

머독 소설에 있어서 '사랑은 공허로부터 출현하는 가치'(Ingle 223)이며 등장인물들이 결정적인 손실이나 실질적인 죽음을 치르고 나서 획득하는 타자인식의 계시적인 비전이다.[27] 이 비전은 우리가 '무'임을 알고 나서 상실로 인해 생긴 공허를 헛된 상상이나 거짓된 위로로 채우지 않고 빈 채로 견딜 때 외부로부터 무상으로 주어지는 보상이며 '더욱 충만한 실재'(GG 136)에 대한 발견이다. 따라서 공허와의 만남은 우리의 밑바닥의 한계를 통해 영원과 맞닿는 충만한 실재와의 접촉이다. 이것은 이미 존재하는 모든 것, 즉 개개인을 덮고 있는 거짓된 이미지, 위선, 독선, 고집, 선으로 가장된 그럴듯한 도덕성, 허영심, 자만 등의 모든 속박으로부터 벗어나 '내 안에 있는 피조물을 부서뜨리고'(GG 81) 새로운 질서를 세우는 것이다. 머독은 '세상을 비현실화하고 환상으로 에워싸려는

---

27) 레비나스는 자아와 타인의 관계를 규정할 때 타자를 자아의 의식의 대상인 현상이 아니라, 현현하는 존재로 보고, 타자를 계시의 형태로 출현하는 현현하는 존재로 파악했다. 즉 타자는 현현의 형태로 등장한다는 것이다. 그는 현현을 통해 드러나는 타자 읽기는 주관적 자아의 그릇된 읽기에서 비롯된 왜곡된 에너지로부터 해방되어 자기 자신을 채우는 것이 아니라 비우는 것 속에서 가능하며 타자를 자기 안으로 동화시키거나 통합함 없이 타자를 수용하면서 타자를 향해 나아갈 때 비로소 인간은 유아적 이기심에서 벗어나 타자와 화해하고 사회적·윤리적으로 관계맺음이 가능해진다고 보았다(김연숙 13-4 참조).

자연적인 충동'(Murdoch, *Metaphysics* 503)을 단순히 멈추고 타인의 죽음이나 결정적인 손실로 인해 생겨나는 공허를 빈 채로 응시할 때 도덕적인 진보를 이룰 수 있다는 가능성을 이 작품의 등장인물들을 통해 묘사하고 있다.

지금까지 『상당히 명예로운 패배』에 나타난 탈 창조를 통해 얻어지는 타자읽기를 살펴보았다. 이 작품에서 타자읽기는 다양하게 나타나고 있다. 그중에서도 노예적·정복자적 타자읽기가 가장 두드러지게 나타나는 것은 모간과 줄리우스의 관계이다. 머독은 권력을 중심으로 지배하기도 하고 지배당하기도 하는 일방적 타자읽기와는 차별화된 적극적 타자읽기를 탤리스를 통해 어렵게 제시하고 있다. 아울러 머독은 줄리우스나 루퍼트처럼 존경받을 만한 중심적인 인물들보다는 오히려 중심에서 밀려난 힐다나 사이몬, 액슬과 같은 보잘것없어 보이는 사람들을 통해 '탈 창조'의 가능성을 제시하고 있다.

이 소설의 대부분의 등장인물들은 서로에 대한 환상과 그릇된 편견으로 상대방을 있는 그대로 읽는 일에 실패하지만 루퍼트의 우연한 죽음과 처절한 고통을 겪고 난 후 줄리우스에 대한 마력적인 환상으로부터 벗어나 실재하는 개개인의 독특함에 눈을 뜨게 된다. 힐다와 모간은 질투와 미움의 긴 통로를 지나 이전보다 더 깊은 사랑의 유대관계를 지니게 된다. 사이몬과 액슬도 집착으로 인한 고통에서 벗어나 타자를 수용할 수 있는 성숙한 면모를 지니게 된다. 탈 창조를 통해 얻게 되는 사랑의 비전 속에서 그들은 더 이상 '가치 없고 의미 없는 세상에서 살아가는 고독한 개개인'(*EM* 110)이 아니다. 그들은 타자의 존재를 인정하고 타자와 함께 어우

러져 살아가는 성숙한 삶으로 나아간다. 지금까지 『상당히 명예로운 패배』의 등장인물들을 통해 자아의 집착에서 벗어나 타자를 비교적 객관적으로 수용할 수 있는 비전을 베이유의 '탈 창조'의 개념을 통해 살펴보았다. 다음에서는 머독의 마지막 작품인 『잭슨의 딜레마』를 통해 침묵·사랑·주시를 통한 타자읽기의 비전을 살펴보고자 한다.

IV

# 『잭슨의 딜레마』: 침묵 · 사랑 · 주시를 통한 타자읽기

1995년에 발표된 머독의 마지막 작품인 『잭슨의 딜레마』는 1964년 『이태리 소녀 *The Italian Girl*』가 발표된 이래 머독 소설 중 가장 짧은 소설로 난해한 작품이다. 이 작품은 머독이 알츠하이머병에 걸리기 2년 전에 쓰인 것이지만, 남편 존 베일리(John Bayley) 교수의 말에 의하면 이 책이 출판되기 전 "18개월 동안 아이리스의 상황은 꾸준히 나빠지고 있었다."(238)고 한다. 리처드 토드(Richard Todd)는 『잭슨의 딜레마』는 몇 군데에서 모순을 발견할 수 있으며 108쪽에서만도 적어도 세 군데나 모순이 발견된다고 주장한다(Realism, 679). 그럼에도 불구하고 소설 텍스트를 분석해 소설가의 치매 징후를 포착했다는 연구결과를 브레인 온라인 판에 발표한 영국 런던대학 인지신경과학연구소 피터 개라드 박사팀은 머독의 마지막 작품인 『잭슨의 딜레마』에서 "문장 자체만 보면 별 이상을 감지할 수 없다."고 발표했다.[28]

---

28) 영국 런던대 인지신경과학연구소 피터 개라드 박사팀은 영국의 소설가이자 철학자인 아이리스 머독의 소설 3편을 분석해 소설가의 치매 징후를 포착했다고 발표했다. 연구자들은 1954년 발표된 머독의 첫 소설 『그물 아래서』와 필력이 최고였던 1978년에 발표한 『바다여, 바다여 *The Sea, The Sea*)』, 그리고 1995년에 발표한 그녀의 마지막 작품 『잭슨의 딜레마』의 본문 속에 나타난 어휘들을 분석했다. 그 결과, 『잭슨의 딜레마』에 사용된 어휘는 『바다여, 바다여』는 물론 『그물 아래서』보다도 풍부하지 못한 것으로 나타났다. 반면 전성기 때의 소설인 『바다여, 바다여』에는 드물게 쓰이거나 미묘한 뉘앙스를 지니는 단어들이 풍부하게 사용되었다. 이 결과는 치매의 초기 증상의 하나가 적절한 단어를 떠올리는 능력이 저하되는 것이라는 사실에 부합한다. 그러나 문장 구성력은 병이 더 진행된 뒤에 장애가 생긴다. 결국 머독의 마지막 소설도 문장 자체만 보면 별 이상을 감지할 수 없다. 머독의 경우 마지막 소설이 온 2년 뒤에야 치매로 진단됐다(과학 동아 21 참조).

베일리 교수는 『아이리스 *A Memoir of Iris Murdoch*』에서 머독이 "현재 쓰고 있는 소설에 어려움을 겪는다고"(230) 말한 적이 있으며 "자주 글이 막혔다고, 현재 쓰고 있는 소설이 잘 써지지 않는다고, 어쨌든 이 소설도 훌륭하지 못하다고 불평하곤 했었다."(230)고 회고한다. 이 소설은 비록 분량이 짧고 그 구성이 어수선하다는 평을 받고는 있지만 그럼에도 불구하고 출판되자마자 유난히 좋은 평을 받았으며(236) 여느 소설 못지않게 인간의 심리를 예리하게 통찰하고 독자들에게 삶의 방향을 시사해 준 작품임이 분명하다. 머독이 『상당히 명예로운 패배』에서 줄리우스 킹이라는 기괴하고도 독특한 인물을 만들어 내 독자들의 환상을 깨뜨리고 타자의 실재성을 인식하도록 독자들을 이끌고 있다면, 이 소설에서는 침묵하는 불가사의한 인물인 잭슨을 통해 삶의 신비와 깊이를 통찰해 내고 독자들 스스로 삶의 진정성을 숙고해 보도록 이끌어 주고 있다.

『잭슨의 딜레마』는 영국 런던 노팅 홀(Notting Hall)에 위치한 하팅 홀(Hatting Hall) 저택의 젊은 주인 에드워드 라니온(Edward Lannion)과 마리안 베런(Marian Berren)의 결혼식을 축하하기 위해 친척들과 친구들이 모여들고 있는 행복하고 들뜬 분위기로 시작한다. 그러나 느닷없이 날아든 돌로 인해 유리창이 깨어지는 섬뜩한 사건에 뒤이어 익명으로 온 예기치 않은 파혼선언을 알리는 쪽지 한 장으로 인해 축제 분위기는 일순간에 깨어진다. 연속적인 불길한 사건으로 인해 이야기의 구성은 대혼란으로 빠져들고 한곳으로 모여들었던 사람들은 제각기 흩어져서 사라져버린 신부 마리안의 행방을 수소문하며 갖가지 추측을 남발한다. 그러는 동안 그들은 오히려 자신들이 직면한 문제에 봉착하게 되고 그들 각자의 문제를 풀어가는 과정 중에 그들을 에워싸고 있던 환상에서 벗어나 자기 자신의 참모습을 알아가는 동시에 타자의 존재를 발견해 간다.

이 소설은 미로처럼 꼬여 가는 사건의 복잡한 구성과 신속한 진행, 예기치 못한 돌발적인 사건과 어수선한 분위기로 독자들을 혼란스럽게 만들지만, 결국에는 등장인물들이 서로 사랑의 짝을 무사히 찾아가는 플롯을 통해 독자들의 궁금증을 대부분 해소시켜 주고 있다. 그러나 머독은 신비로운 인물인 잭슨(Jackson)의 미래를 끝까지 불확실성 속에 남겨둠으로써 그의 미래를 둘러싼 궁금증과 모호한 혼란을 독자들에게 남겨 놓은 채 소설을 마무리 짓고 있다. 따라서 맨 마지막 장면에서 생과 사의 선택을 놓고 갈등하는 잭슨이 던지는 미소에서 과연 잭슨의 딜레마는 무엇인지에 관한 대답이 이 소설을 이해하는 중요한 열쇠가 될 것으로 보인다. 머독은 이 소설의 등장인물들을 크게 두 가지 부류로 나누고 있다. 하나는 베넷(Benet)과 마리안을 중심으로 하는 행동하는 사람들과 다른 하나는 엉클 팀, 잭슨, 투안과 같은 주시하는 사람들이다. 머독은 분주하게 행동하는 사람들을 타자읽기에 실패하는 인물들로, 주시하는 사람들을 타자읽기에 어느 정도 성공하는 인물들로 묘사하고 있다. 다음에서는 전자에 속하는 인물들이 타자읽기에 실패하는 이유를 집착과 관련해 살펴보고자 한다.

## 1. 집착에서 비롯된 타자읽기

이 소설에서는 소유에 집착하는 등장인물들은 타자와의 조화로운 관계를 깨뜨리는 것으로 묘사되고 있다. 그들은 존재와 소유의 차이를 구별하지 못하며 소유함으로써 존재하려고 하는 데서 심각한 고통을 초래한다. 이러한 인간의 비참한 모습을 꿰뚫어보는 베이유는 인간의 존재와 소유를 날카롭게 구분한다. 베이유는 소유란 존재가 될 수 없으며 다만 존재한다는 환상을 불러일으키는 것으로 보았다.

베이유는 내가 무엇을 소유하고 있느냐가 결코 내가 누구인지를 대변해 줄 수는 없다는 것이다. 따라서 그 사람이 어떤 사람인가를 알기 위해서는 그가 지닌 소유물이 아니라 그 사람 안에 감추어져 있는 실상을 꿰뚫어볼 수 있는 특별한 시각이 필요하다는 것이다. 베이유는 내 안에 감추어진 나, 신 안 쪽에 있는 나, 베일에 가려서 보이지 않는 나를 발견할 수 있는 유일한 방법으로 '주시'를 언급한다. 따라서 그녀의 관점에서 바라볼 때 나의 유일한 적은 나 자신이 된다. 왜냐하면 다른 모든 것은 '우연'에 의해 파괴되지만, 우연에 의해 파괴되지 않는 유일한 것은 '나'이기 때문이다(*GG* 71). 베이유가 그토록 '나'를 공격하는 이유는 그것이 '나'의 자유와 직결된 문제라고 보기 때문이다. 머독은 이 소설에서 자기 속에 갇혀 타인의 참모습을 읽지 못하는 사람들을 집착하는 인물들로 묘사하고 있다. 그 대표적인 인물은 베넷과 마리안이다. 다음에서 그들의 집착이 어떻게 타자읽기를 방해하는지 살펴보고자 한다.

## 1) 베 넷

베넷은 등장인물들 중 어느 누구보다도 타자를 자기중심적으로 읽는 인물이다. 그의 고통은 자기 주변 사람들을 있는 그대로 사랑하기보다는 자신의 목적을 위해 그들을 소유하려고 하는 데서 비롯된 것이다. 그는 행방불명된 마리안을 가장 염려하는 것처럼 보인다. 그러나 그의 본모습은 그가 계획한 모든 것이 실패로 돌아가고 나서야 독자들에게 드러난다. 그는 의도적으로 가족을 만들어 냄으로써 마흔이 넘도록 독신으로 살아온 자신의 삶에 대한 보상을 스스로 조작하려고 했던 것이다.

베넷은 자기의 목적을 충족시켜 줄 인물로 하팅 홀의 부유한 주인인 에드워드와 아름다운 외모의 마리안을 선택한다. 그는 이들을 이용해 자신의 세력을 확장하려 했던 것이다. 그러나 그의 계획은 마리안이 결혼식 전날 갑자기 사라짐으로 인해 수포로 돌아간다. 그는 자신의 비밀스런 계획이 실패로 돌아가자 마리안과 에드워드를 동시에 잃어버렸다는 상실감으로 괴로워한다. 몰려들었던 축하객들이 모두 떠나자 그가 겪는 고독과 비통을 다음에서 볼 수 있다.

> 끔찍한 고독이 그에게 덮쳐왔고, ……모든 사람들에게 영향을 미치는 이 모든 끔찍한 일들이 — 단지 시작에 불과한—어떻게 일어날 수 있었을까. 그 모든 것은 그의 잘못이었다. 그는 대단히 행복했으며, 자신이 가족을 모으고 있다고 믿고 있었다. 그는 무엇인가를 해야만 한다. 그는 울고 싶었고 그의 옷들을 찢고 싶었다. ……그는 뭔가 새로운 것, 뭔가 끔찍한 것을 시작하고 있었고, 그는 "그것은 마법이에요, 그것은 지옥이에요."라는 로자린드의 말을 들었다.

A terrible solitude came over him, ……how could all these terrible
things have happened—and be just beginning—things that affected
everyone, and all his fault. He had been so happy, he had believed he was
collecting a family. He must do something, he felt like crying and tearing
his clothes. ……He was beginning, something new, something awful, he
heard Rosalind's words, it's witchcraft, it's *hell*(*JD* 46).

분주하게 행동하는 베넷은 등장인물들 중 가장 타자의 시선을
의식하는 사람이다. 그는 에드워드와 마리안이 철저히 자기를 떠났
다고 느끼는 순간 주변 인물들에게 받을 비난과 멸시를 생각하며
여전히 자신의 문제에만 집착한다. 베넷은 자신의 권력을 확장시키
려는 의도로 가족을 모으려고 했던 것이다. 그것은 '자기가 사랑하
는 것의 창조자가 되려는 욕구'(*GG* 113)로 '신을 모방하려는 욕
구'(*GG* 113)인 것이다. 그러나 그 욕구의 동기는 철저히 이기심에
기초한 것이다. 따라서 그가 조작한 의도적인 사랑은 사랑의 본질
을 훼손하는 것이다. 왜냐하면 사랑이란 '있는 그대로의 인간의 존
재를 믿는 것'(*GG* 113)이기 때문이다. 따라서 그의 이러한 욕망의
가장 큰 희생자는 마리안이다. 자신의 잘못을 알고 있는 그는 로
자린드(Rosalind)의 집으로 향하면서도 떨쳐버릴 수 없는 '어두운
공포'에 휩싸인다.

'마리안은 죽었거나, 익사했거나, 납치되었거나, 비참함으로 미쳤거나,
공포로 미쳤을 것이다. 행복의 끝, 그녀의 행복, 에드워드의 행복, 로자린
드의 행복, 그녀의 엄마의 행복, 그리고 나의 행복의 끝, 그것은 어쩌면
나의 과실 때문임이 틀림없어!'라고 베넷은 생각했다. 그녀의 삶은 파괴
되었고, 아마도 그의 삶도 파괴되었다. 그리고 이제는 로자린드이다.

Marian might be dead, drowned, kidnapped, mad with misery, mad with terror. The end of happiness, her happiness, Edward's, Rosalind's, her mother's, and mine, thought Benet, because in some way it must have been *my fault*! Her life is ruined, perhaps his. And now Rosalind(*JD* 59).

베넷이 마리안과 에드워드에 대해 걸었던 희망이 컸던 만큼 그들을 상실함으로써 생기는 빈자리는 공포와 두려움, 상실감, 정체성의 심각한 부재로 나타난다. 이와 같은 그의 심각한 정체성의 부재는 팀(Tim) 삼촌이 죽은 이후 처음으로 그가 직면하는 무시무시한 것이다. 에드워드와 마리안을 동시에 재난의 '구렁텅이'로 몰아넣었다는 자책과 후회로 베넷은 괴로워한다. 그는 그들의 삶을 파괴했을 뿐만 아니라 자기 자신의 삶도 파괴했다는 것을 절감한다. '대혼란의 소동'을 자초한 그는 비로소 "나는 어떤 선도 행할 수 없다."(*JD* 70)는 결론에 이른다.

베넷의 집착적 타자읽기로 희생되는 또 다른 인물은 잭슨이다. 베넷은 누구보다도 자기를 사랑하고 존중하며 충성을 다하는 잭슨을 제대로 읽지 못한다. 베넷뿐 아니라 다른 등장인물들도 잭슨을 부분적으로만 읽을 뿐 그를 온전히 읽는 일에 성공하는 사람은 거의 없다. 등장인물들은 제각기 그들의 시각에 따라 다음과 같이 잭슨을 각각 다르게 본다. '검은 형상', '우리들의 검은 천사', '김(Kim)', '가장한 피셔 킹(Fisher King)', '인디언 원주민', '정글로부터 나온 원시적인 어떤 것', '탈옥한 죄수' 그러나 그 어느 것도 그를 정확하게 묘사하지는 못한다. 그들 중에서 잭슨을 조금 다른 시각에서 보는 사람은 밀드레드(Mildred)다. 그녀는 팀이 "잭슨은 칼리반[29]이었다."(*JD* 63)고 한 말을 상기하면서 "그는 섬, 동물들,

---

29) 칼리반은 셰익스피어의 The Tempest에 나오는 반수인으로 추악하고 야만적인 남자를

식물들을 정말로 잘 알고 있는 사람이고, 매우 쓸모 있고, 점잖다."(*JD* 63)고 말한다. 오웬(Owen)이 잭슨의 비밀스런 고통을 범죄와 관련지으며 그를 범인으로 몰고 가는 것에 반해 그녀는 잭슨의 고통을 '구원적인 고통'과 관련짓는다. 잭슨에 관한 터무니없는 갖가지 추측 끝에 오웬은 잭슨의 전설을 생각하면서 그가 비참한 하인이긴 하나 플라톤처럼 심오한 사람임을 인정한다. 베넷 역시 잭슨이 교양 있는 사람임을 인정한다.

잭슨을 읽는 방식은 베넷과 팀에게서 현저히 다르게 나타난다. 잭슨을 거듭해서 거부하던 베넷은 세 번째 만남을 통해 간신히 잭슨의 얼굴을 보게 된다. 반면에 팀은 잭슨과의 짧은 만남에서 잭슨은 '보석이며, 참된 예술가'(*JD* 86)임을 읽어낸다. 이것은 베넷과 팀의 타자읽기에는 근본적인 차이가 있음을 말해 주는 것이다. 잭슨에 대한 베넷의 그릇된 타자읽기의 근본적인 원인은 그의 꿈을 통해 살펴볼 수 있다. 베넷이 잭슨에 대해 꾸는 악몽은 다음과 같이 강물에 떠 있는 바구니 속에 웅크리고 있는 뱀에 관한 것이다. 이 꿈은 그의 정신적인 불안과 어두움을 나타내 준다고 볼 수 있다.

> 그 바구니가 물에 가라앉고 있었다. '베넷은 물론 뱀은 수영을 할 수 있으니까 빠져죽지 않겠지' 하고 생각했다. 그러나 그는 뱀이 익사할 수도 있을 거라고 생각했다. 바구니가 그를 잡아당길 것이다. 그는 빠져나오지 못하리라. 강물이 빠르게 밀치자, 그 바구니는 다리 근처의 진흙 묻은 갈대 사이로 사라지고 있었다. 날은 어두워지고 있었다, 베넷은 물속을 자세히 들여다보았다. 그는 생각했다. 나는 강 속으로 내려가서 그 뱀이 괜찮은지 확인해야만 한다. 단지 나는 내려갈 수가 없다, 그 밑은 너무 어둡다. 그러나 나는 뛰어내려야 할 것이다! 그가 망설이고 있을 때

---

말함.

128

그는 잠에서 깨어났다.

The basket was sinking. Benet thought, of course snakes can swim, he won't drown. Then he thought but perhaps he *will* drown, the basket will pull him down, he won't be able to get out. Swiftly hustled by the stream, the basket was disappearing among the muddy reeds near to a bridge, it was becoming dark, Benet peered down into the water, he thought I *must* get down into the river to make sure that the snake is all right, only I *can't* get down there, it's so *dark* down there, and I shall have to *jump*! As he was hesitating he woke up(*JD* 75 – 6).

위의 꿈에 나타난 물, 갈대, 진흙, 바구니는 부서지기 쉽거나 흔들리기 쉬운 것들의 이미지다. 이것은 그가 새로 산 집의 견고한 이미지와는 상반되는 것들이다. 그가 '아늑한, 친근한, 쾌적한, 아주 적합한 크기와 모양을 갖춘'(*JD* 75) 새 집에 만족을 느끼고 있는 것과는 달리 정신적으로는 흔들리고 있음을 보여주는 것이다.

이 꿈에서 잭슨의 모습이 뱀으로 등장한 것은 중요한 의미를 지니고 있는 것으로 보인다. 그것은 베넷이 그 남자를 여전히 인격적으로 대하고 있지 않다거나 베넷의 취향과는 맞지 않는 사람이라는 것을 말해 주는 것이기도 하다. 그러나 이것은 그 이상의 의미가 내포된 것으로 보인다. 잭슨의 모습이 뱀으로 묘사되었다는 것은 베넷이 그 남자를 몹시 혐오스럽고 흉물스러운 어떤 것으로 여기고 있으며 가까이하고 싶지 않은 어떤 이질적인 것으로 느끼고 있다는 것이다. 이 점이 베넷으로 하여금 잭슨을 계속해서 거부하게 하는 가장 큰 원인인 것으로 보인다. 이것은 『종』에서 도라가 옛 종을 외부세계에서 온 '기괴한' 어떤 것으로 바라보았던 것과 연결해서 생각해 볼 필요가 있다. 그것은 '다른 세계로부터 온 어떤 것'(B 220)이다. 베넷은 잭슨에게서 이런 이질감을 강력히 느꼈던 것이다. 그는 이런 이질감 때문에 잭슨을 피하려고 했고 계속해서 거부했던 것이다.

뱀은 일반적으로 인간을 해치거나 위협하는 상징물이다. 그러나 베넷의 꿈속에서 보이는 뱀은 그를 위협하지 않는다. 그것은 오히려 도움을 받아야 할 불쌍한 것, 베넷이 도와주지 않으면 곧 물에 휩쓸려 죽게 될 처지에 놓인 것이다. 또한 뱀이 바구니에 담겨서 눌에 떠내려가고 있다는 것은 모세를 연상시킨다. 따라서 여기서 나타나는 잭슨의 모습은 구원을 알리는 모세와 같은 예언자적인 이미지를 담고 있다. 그러나 예언자들은 진실을 말했기에 죽임을 당했다. 따라서 꿈속에서 나타나는 물의 이미지는 진실을 말하는 예언자의 소리를 거부하고 배척함으로써 그를 죽음으로 몰고 가는 세상 사람들 곧 베넷의 삶을 상징하는 것이기도 하다.

베넷은 꿈속에서 이 위기에 처한 뱀을 자세히 관찰한다. 그는 온갖 주의력을 집중해 어둠 속에서 그 뱀을 들여다본다. 이것은 늘 잭슨을 거부하며 그를 겉으로만 보고 피하던 베넷의 모습과는 매우 다른 것이다. 그는 꿈속에서 잭슨을 주시하는 것이다. 꿈속에서 주시하면서 그 불쌍한 뱀을 구해야 한다고 느낀다. 그러나 실제로는 아무것도 하지 못한다. 그에게는 빛이 없기 때문이다. 어두움의 공포에 시달리는 꿈을 꾸고 난 베넷은 곧바로 자신에게 '빛'이 필요하다고 느낀다.

꿈을 꾸고 나서 빛을 찾아 헤매는 베넷의 모습은 동굴 속에 갇힌 죄수의 모습을 연상케 한다. 그는 새로 이사한 새 집의 불이 몽땅 꺼진다면 어떻게 될까를 염려하며 자신에게 빛이 필요하다는 생각을 하게 된다. "그는 빛을 생각했다. 그래 빛이 있어야 해."(*JD* 76) 그 다음 날 잠에서 깨어난 그는 곧바로 빛을 생각하고 곧 이어서 그 꿈을 생각한다. 머독은 77쪽에서 '빛'이라는 단어를 열한 번이나 사용하고 있다. 머독은 정체성이 부족한 베넷의 혼란스런 내면세계를 어둠 속에서 빛을 찾아 헤매는 것으로 묘사하고 있다.

베넷은 이 소설에서 하이데거를 운운하며 철학과 소설을 다루는 지적인 인물이지만 진리를 깨닫는 것과는 거리가 먼 인물로 소설 전체를 지루하게 장식하고 있다. 그는 결코 신을 믿지 않으나 '그리스도, 플라톤, 플라톤적인 그리스도, 선의 아이콘'(JD 14) 등을 어느 정도 믿고 있는 인물이다. 그러나 그는 참된 깨달음에 도달하지도 못하며 선을 행하지도 못한다. 모든 사람이 떠나가고 잭슨마저 잃게 되자 그는 자신이 아무것도 아님을 알게 된다. 그는 '아무것도 아닌 것의 시작'(*JD* 215)에 직면해 잭슨을 그리워한다. 베넷이 엉겁결에 "팀 삼촌이 여기에 있다면 좋으련만-"(*JD* 217) 하고 내뱉은 말은 잭슨과 베넷의 서먹서먹한 관계를 전처럼 친숙하게 되돌려 놓는 마력으로 작용한다. 애당초 베넷과 잭슨과의 관계를 가능케 했던 것은 팀이며 헤어진 이 순간 그들을 다시 결합시켜 주는 것도 팀이다. 그러나 베넷은 잭슨을 지나치게 거부하거나 그에게 지나치게 집착함으로써 그를 객관적으로 읽는 일에 실패한다. 머독은 이처럼 자신의 문제에만 골몰하여 신경증적인 반응을 보이는 사람을 외적 실재를 자각하거나 타자를 올바로 읽는 일에 실패하는 인물로 묘사하고 있다. 다음에서 살펴볼 인물은 마리안이다.

## 2) 마리안

마리안이 자기 자신과 주변 인물들의 참모습을 읽지 못하는 원인은 로자린드에 대한 주관적인 열등감과 에드워드의 부에 대한 탐욕이라고 볼 수 있다. 마리안은 로자린드와는 매우 대조적인 인물이다. 로자린드는 학교에서 촉망받는 장학생이었고 영리하며 예술가지망생인 반면, 마리안은 '바보'는 아니었지만 '선천적으로 훨씬 더 사교직'(*JD* 107)이다. 마리안은 로자린드가 '더 칭찬받고, 더 재치 있고, 더 흥미롭다'(*JD* 107)는 것을 알고 있다. 로자린드가 '그녀의 인생에서 그녀가 무엇을 해야 하는지 알고'(*JD* 107) 있는 반면에 마리안은 '그녀의 인생에 무슨 일이 일어날지 알지 못했다.'(*JD* 107) 두 자매 모두 다 학교에서 불어와 약간의 이태리어를 배웠지만, 마리안은 많은 부분을 잊어버린 반면, 로자린드는 이 두 가지 언어를 모두 다 기억하고 있었다.

마리안이 에드워드에게 집착하게 되는 것은 그가 자신을 사랑한다는 사실을 편지로 확인하게 되면서부터이다. 시드니(Sydney)의 한 호텔에서 그녀가 그에게 연애편지를 보내게 된 동기에는 여러 가지 요인이 섞여 있다. 첫째는 그녀가 에드워드와 결혼하기를 은근히 바라고 있는 주변 사람들, 특히 팀과 베넷의 기대를 충족시키려는 것이다. 둘째는 에드워드의 동생 랜돌(Randoll)의 갑작스런 죽음으로 인해 에드워드가 받게 된 충격과 슬픔에 대한 동정과 연민이 작용한 것이다. 셋째는 아버지의 죽음으로 인해 에드워드가 물려받은 저택 하팅 홀이 지니는 부에 대한 탐욕이다. 그녀는 무엇보다 '하팅 홀의 여주인'이 된다는 기분에 들떠 다른 여자 혹은 로자린드에게 에드워드를 빼앗길지 모른다는 불안함을 지니고 있다. 이러한 것들은 마리안이 에드워드를 진정 사랑한다기보다는 외적인 요인에 더 크게 집착하고 있음을 보여주는 것이다. 그녀는 사랑의 본질을 외면한 채 외적인 요인에 집착하므로 자신의 현실을 직시하지 못한다. 현실을 직시하지 못하는 그녀는 삶을 경박하게 다루게 된다.

마리안이 삶을 경박하게 다루는 태도는 그녀가 에드워드나 캔토래브네빅(Cantor Ravnevik) 중 그 어느 누구의 진실도 제대로 읽지 못하는 데서 찾아볼 수 있다. 그녀는 에드워드를 사랑한다고 생각하면서도 그를 알고자 하는 진지한 노력을 기울이지 않는다. 그녀는 자신이 처녀가 아니라는 사실을 고백했을 때 묵묵부답하는 그의 침묵의 의미를 신중하게 헤아리지도 않는다. "에드워드에 관해 참으로 아는 사람은 아무도 없다."(*JD* 110)는 베넷의 말을 듣고도 그녀는 에드워드에게 대수롭지 않은 몇 가지 질문만을 할 뿐 그의 내면을 읽을 수 있는 어떤 질문도 하지 않는다. 그녀는 에드워드의 '어두운 그늘'(*JD* 110)은 그의 동생 랜돌(Randall)의 죽음에서 연유된 것으로 추측하고 그와의 진실한 대화를 나눌 수 있는 기회를 나중으로 미룬다. 그녀에게 중요한 것은 그를 참으로 아는 것이 아니다. 그녀에게 중요한 것은 자신이 그의 사랑을 받고 있다는 것과 그의 아내로 선택되었다는 점이다. 그러나 나중에 드러나듯이 에드워드가 진정 사랑한 사람은 그의 과거의 애인인 애나 두나벤(Anna Dunarven)이며 그의 내면의 어두운 한 구석은 풀리지 않은 애나와의 관계에서 비롯된 것이다. 그러나 결혼에만 집착하는 마리안은 에드워드의 이러한 내면의 어둠을 읽어내지 못한다.

마리안이 자신의 행복에만 집착해 타인의 진실을 읽어내지 못하는 경솔한 태도는 캔토를 대하는 태도에서도 역력히 나타난다. 에드워드의 사랑을 확인한 마리안은 행복감에 젖어 넘치는 에너지를 방탕하게 사용한다. 그녀가 시드니에서 온갖 종류의 사람들을 만나 사교적인 생활을 시작했을 때 그녀는 캔토를 만나 사랑하게 되지만 그 남자와의 불장난이 에드워드와의 관계를 심각하게 방해하리라고는 전혀 생각지 못한다. 그녀는 에드워드와의 결혼이 가져다줄 부와 지위상승에 대한 집착으로 캔토의 진실을 읽지 못한다. 그녀는 캔토와의 사랑을 하룻밤의 '에피소드'(*JD* 111)로 취급한다. 그녀가 캔토의 삶의 중요한 부분을 놓치고 있다는 사실을 알게 된 것은 그와 헤어지기 바로 전날 밤이다. 그러나 그녀에게는 그의 삶에 관한 중요한 이야기들을 신중하게 들어줄 만한 여유가 없다. 그녀는 그의 이야기를 들어주기에는 시기적으로 '너무 늦었다.'(*JD* 111)고 판단한다. 그녀는 그를 다시는 보지 않을 것이라고 속단하고 가볍게 시드니를 떠난다. 에드워드와의 결혼식이 그녀를 기다리고 있기 때문이다. 자신의 행복에 집착해 삶을 경솔하게 다루는 그녀는 타인의 진실을 알 수 있는 기회들을 미루거나 차단시킨다. 이러한 태도는 그녀가 타인을 제대로 읽지 못하는 중요한 요인들이라고 볼 수 있다.

『상당히 명예로운 패배』에서 등장인물들이 서로에게 솔직하지 못한 것이 얼마나 끔찍하게 인간관계를 파괴시키는지가 잘 나타난 것처럼, 이 소설 속에서도 마리안과 에드워드가 서로에게 솔직하지 못한 것이 그들의 관계를 어떻게 파멸로 몰고 가는지 잘 나타난다. 비록 마리안이 과거의 남자들과의 관계를 에드워드에게 말했다 하더라도 결혼 직전에 호주에서 우연히 알게 된 캔토와의 관계를 털어놓지 않음으로써 마리안의 삶은 걷잡을 수 없는 소용돌이 속으로 휘말리게 되는 것이다. 물론 의도적인 것은 아니나 에드워드에게 캔토와의 관계를 고백해야 할 적절한 시기를 놓쳐버린 그녀는 한순간에 삶의 중심을 잃게 된다. 마리안의 분열된 육체와 정신은 그녀를 벼랑 끝으로 몰고 간다. 그녀는 이성적으로는 에드워드와 결혼해 하팅 홀의 여주인이 되어 세상의 부귀와 영화를 누리고 싶어 하면서도, 본능적으로는 자신이 바라는 것과는 정반대로 달려가는 욕망으로 인해 자아가 분열된다.

머독은 마리안을 통해서 인간이 의도하고 추구하는 것과는 정반대로 작용하는 욕망의 힘이 얼마나 큰 것인지를 잘 보여주고 있다. 결혼식 바로 전날 캔토와 함께 한 '마지막 승마'(JD 115)는 마리안의 의식과 무의식의 욕망이 정반대로 달리고 있음을 상징적으로 묘사하고 있다. 마리안은 승마를 마치고 캔토가 타고 있던 말과 자신이 타고 있던 말을 마구간으로 데려가면서 두 마리 말에게 모두 키스를 한다. 이는 그녀가 자신의 현실과 이상, 의식과 무의식, 에드워드와 캔토를 모두 사랑하고 있으며 이 둘 다에 애착하고 있음을 보여주는 것이다.

마리안이 현실을 인식하게 되는 것은 점심을 먹고 난 이후이다. 그녀는 의식을 차리고 나서야 자신이 시계를 분실한 사실을 알게 된다. 머독은 이 장면에서 마리안이 시계를 잃어버렸다는 사실을 세 번씩이나 반복해서 기술하고 있다. 그녀는 말을 타는 동안 캔토와의 행복에 빠져 결혼식을 잊고 있었던 것이다. 승마를 함께하는 동안 자신에 대한 마리안의 사랑을 확인한 캔토는 그녀에게 "용

서해 주세요, 정말 미안해요, 나는 당신과 결혼할 수 없어요."(*JD* 115)
라는 글을 쓰게 해 그 쪽지를 마리안 몰래 그녀와 에드워드의 결
혼식을 준비하는 측에 전달한다. 잠에서 깨어나 이 사실을 알게 된
마리안은 캔토에 대한 미움과 증오로 가득 차게 된다. 행복을 조
작하려 했던 그녀는 자기 자신을 파괴할 뿐 아니라 에드워드와 캔
토 두 남자 모두를 파괴시키는 결과를 낳게 된다.

　지금까지 마리안의 집착이 빚어내는 타자읽기를 살펴보았다. 다
음에서는 베넷이나 마리안의 타자읽기와는 상당히 대조를 이루는
침묵·사랑·주시를 통한 타자읽기를 살펴보고자 한다.


## 2. 침묵 · 사랑 · 주시를 통한 타자읽기


　머독은 타자를 소유하고 조작함으로써 자신의 부와 권력을 확장
시키려는 베넷이나 마리안 같은 사람들보다는 타자를 있는 그대로
사랑하고 수용하면서 주시하는 사람들을 통해 타자읽기의 비전을
제시하고 있다. '우리 자신과는 너무도 다른 것들을 알고 이해하고
존경하는 것'(*EM* 284)에 진정한 자유의 의미가 있다고 주장했던
머독은 그녀의 소설 속에서 이기적인 자아의 유아적 환상으로부터
벗어나는 길을 끊임없이 모색했으며 이것을 가능케 하는 것을 '주
시'로 보았다(*EM* 293). 그런데 주시의 훈련은 다음에서 데이비드
트레이시(David Tracy)도 밝히고 있듯이 누구에게나 가능한 것이다.

더욱이, 시몬느 베이유에 대한 머독의 많은 호감들이 제시하듯이, 영적인 훈련은 명백히 누구에게나 가능하다. 무엇보다도 우리는 우리의 타고난 이기심을 줄이는 방법으로 우리 자신의 외부 세계에 대한 주시, 침묵, 세련된 미적 감각의 순간을 연마할 수 있다. 우리는 자연과 자연의 법칙에 따른 필연성의 이미지에 관한 과학적 탐구에 주의를 기울이는 것을 배울 수 있다. 그와 같은 주의 깊은 주시는 이기적인 목적의 무익함을 드러내는 데 도움이 된다. 그러한 주시는 또한 우리의 언어의 사용을 통해 갑자기 열리는 피할 수 없는 실재인-공허에 대한 주시를 증진시킬 수 있다.

Moreover, as Iris Murdoch's many appeals to Simone Weil suggest, explicitly spiritual exercises are also available to anyone. Above all, we can cultivate moments of tact, silence, attentiveness to the world outside ourselves as ways of decreasing our natural egoism. We can learn to pay attention in nature and in scientific inquiry to the image of necessity as law to nature. Such careful attentiveness to nature can help exhibit the futility of selfish purposes. Such attention can promote as well an attentiveness to the Void – that unavoidable reality which opens suddenly in and through our very language use(73).

이처럼 일상생활에서의 주시의 훈련은 이기심을 줄이는 한 방법이며 공허를 빈 채로 견디면서 응시할 수 있는 내적인 힘을 키우는 원동력이 된다. 머독이 그녀의 소설 속에 기괴하고도 으스스한 고딕적 분위기를 자아내어 예측 불허한 엉뚱한 방향으로 독자들을 몰고 가거나 등장인물들을 공포의 공황 속으로 몰고 가는 것은 자아를 파괴함으로써 주시를 통해 열리는 새로운 세계로 등장인물들과 독자들을 이끌기 위함이라고 볼 수 있다. 머독은 이 소설에서 앞서 언급한 바와 같이 베넷과 마리안처럼 행동하는 인물들과는 달리 자기 자신과 주변 인물들의 고통을 침묵하는 투안과 그 고통을 사랑으로 승화시키는 로자린드 그리고 주시하는 인물인 잭슨을 통해 타자읽기의 새로운 방향을 제시해 주고 있다. 다음에서 투안 (Tuan)과 로자린드, 잭슨을 통해 나타나는 새로운 타자읽기의 비전 을 살펴본다.

## 1) 투안과 로자린드: 침묵과 사랑을 통한 타자읽기

투안은 자기 자신의 고통을 타인에게 전가시키지 않기 위해 극히 표현을 절제하며 침묵하는 인물이다. 투안의 침묵은 고통을 전가해서는 안 된다는 그의 신념을 담고 있다. 그의 이러한 신념은 죽음을 대하는 그의 부모님의 자세에서 연유된 것으로 보인다. 그는 죽음을 자식에게 보이지 않으려 하셨던 부친의 임종은 가까스로 지켜보았으나 모친의 임종은 직접 목격하지 못했다. 그것은 투안의 부주의라기보다는 죽는 순간마저도 고통을 철저히 홀로 감수하려 했던 모친의 의도 때문이었다. 모친은 부친보다도 더 철저히 자신의 죽음을 아들에게 보이지 않으려고 했다. 그가 잠시 자리를 비운 사이 "나는 그를 다시 만날 것이다."(JD 127)라는 마지막 글을 남기고 모친은 운명했다. 그의 부모님들은 그들의 죽음의 고통을 아들에게조차 전달하지 않으려 했던 것이다. 따라서 그가 지나치게 신비주의에 몰두했던 것은 고통과 죽음을 대하는 그의 부모님의 태도에서 연유된 것으로 보인다. 그를 침묵하게 하는 또 다른 이유는 아버지로부터 듣게 된 피난 당시의 사건이다. 피난 당시 투안의 아버지가 겪었던 고통은 투안에게 그대로 전가된다. 그의 부친은 어떤 고통도 아들에게 보여주지 않으려고 했으나 피난

때 생이별한 여동생에 대한 뼈저린 고통만큼은 감추지 못했던 것으로 보인다.

투안의 부친이 피난 당시의 고통을 투안에게 털어놓은 이유는 두 가지로 분석해 볼 수 있다. 하나는 그 고통이 아버지 혼자서 감당하기에는 너무도 크고 끔찍해서 아들에게 털어놓지 않을 수 없었다고 보는 관점이다. 다른 하나는 전쟁으로 인한 고통과 불의를 아들에게 알려줌으로써 아들이 세상에서 당할 모든 고통을 이겨낼 수 있는 힘을 종교에서 얻도록 하기 위한 것이었다고 보는 관점이다. 그러나 투안은 아버지가 그 이야기를 자기에게 한 이유는 정확히 밝히지 않고 있다. 투안이 알 수 있는 한 가지 분명한 것은 이유야 어떻든 아버지는 그 이야기를 자기에게 해서는 안 되었다는 것이다. 왜냐하면 아버지가 털어놓은 그 고통은 아버지뿐 아니라 투안마저도 고통스럽게 했으며 아버지가 돌아가신 후에도 고스란히 그에게 남겨졌기 때문이다. 그는 이 경험을 통해 어떤 고통도 타인에게 전가해서는 안 된다는 교훈을 얻게 된다. 그는 자신과 가족의 고통뿐 아니라 전쟁으로 인해 벌어진 모든 고통과 불의를 간직한 채 그 고통을 타인에게 전가하지 않으려고 애쓴다.

투안의 침묵은 이처럼 부모님의 죽음과 아버지를 통해 전수받은 전쟁의 고통과 상처로 인해 생겨난 공허를 빈 채로 견디면서 공허를 극복하기 위한 방편이라고 볼 수 있다. 침묵하는 투안에게서 나타나는 특징은 종교적인 관심과 타인에 대한 진실한 읽기이다. 그는 에든버러(Edinburgh) 대학에서 종교에 대해 더 많은 흥미를 느끼게 되었으며 그것을 계기로 런던의 대학에서 강의를 할 때 종교사를 가르치게 된다. 돌아가신 아버지의 선을 향한 열정과 어머

니의 유언은 그가 종교에 몰입하게 되는 가장 큰 원인인 것으로 보인다. 그의 대부분의 친구들은 그가 왜 그토록 종교적인 문제에 심취하는지 이해하지 못한다. 그의 내면의 깊은 공허와 종교적 염원을 꿰뚫어보는 보는 사람은 팀과 잭슨이다.

투안이 자신과 '유사한 영혼'(*JD* 129)을 지닌 팀을 만나게 된 것은 그에게는 일종의 계시였다. 그들의 만남은 기차간에서 우연히 이루어졌다. 그는 팀과 인도의 신비에 관한 많은 이야기를 나누면서 '현명한 동료' 혹은 '형제'라는 느낌을 받게 된다. 따라서 엉클 팀의 죽음은 그에게 커다란 상실이 되었으며 그의 가슴속에 또 하나의 공허를 남겨 놓게 된다. 그는 팀을 잃은 상처와 슬픔을 타인에게 드러내지 않고 그 공허를 견디는 인물이다.

투안이 팀과의 관계 못지않게 신비로운 우정의 관계를 유지하는 또 하나의 상대는 잭슨이다. 사람의 본질을 꿰뚫어보는 능력을 지닌 투안은 다른 등장인물들과는 달리 잭슨과의 첫 만남에서 그의 진가를 알아본다. 그들 사이에 신분적인 격차는 있었지만 그것이 그들의 우정을 방해하지는 못한다. 그들의 대화는 의도적인 약속에 의해서 이루어지기보다는 오고 가는 우연한 만남에 의해 이루어진다. 그는 잭슨을 '현명한 아버지'로 여기나 그러한 자신의 속마음을 잭슨에게 표현하지는 않는다. 잭슨의 진가를 알고 있는 투안은 다른 사람들이 그를 놀리거나 꾸짖는 것을 좋아하지 않는다. 그는 겉모습으로 타인을 읽지 않으며 타인에게 관대한 사람이다. 그러나 그는 로자린드의 사랑만큼은 거부한다. 그가 로자린드의 사랑을 거부하는 이유는 앞에서 살펴보았듯이 자신의 고통을 타인에게 전가시키지 않으려는 그의 신념에서 비롯된 것이라고 볼 수 있다. 자

신의 고통을 더 이상 타인에게 전가하지 않으려고 애쓰는 투안의
자세는 공허를 견디려는 처절한 몸부림인 것이다. 그러나 그의 이
러한 노력은 로자린드의 사랑에 의해 무너진다.

　로자린드는 투안의 고통을 꿰뚫어 보는 사람이다. 그것이 정확
히 무엇인지는 알지 못하지만 그녀는 그의 내면의 깊은 슬픔과 그
늘을 감지한다. 이러한 그녀의 통찰력은 사랑에서 기인한 것이다.
그녀는 이미 그에게 거절당한 경험이 있으면서도 물러서지 않고
그를 찾아가 청혼한다. 그는 여러 가지 이유로 그녀의 청혼을 거
절한다. 그녀가 "당신이 알고 있는 무언가가 있어요. 당신이 보아
온 어떤 것, 다른 누군가의 고통 – 당신은 너무 비밀스럽고, 너무
수줍고, 과묵해요 – "(JD 165)라고 말하자 그는 벌떡 일어나 그녀에
게 떠나달라고 간청한다. 그러나 계속되는 그녀의 끈질긴 요청에
그는 결국 자신의 내밀한 고통을 털어놓기 시작한다. 그것은 그의
아버지가 그에게 직접 들려준 이야기로 그의 할아버지와 온 가족
이 전쟁에서 피난할 당시의 상황과 관련된 것이다. 다음에서 그
상황을 들어본다.

　　나의 아버지는 열네 살이었고, 그의 여동생은 열두 살이었어. 그의 누
　이는 울고 있었는데 왜냐하면, 집에서 급히 서둘러 나오느라, 그들이 개
　를 뒤에 남겨 두고 왔기 때문이었지. ……그때 갑자기 그의 누이가 길을
　뚫고 나아가 플랫폼으로 뛰어내려 달리기 시작했다는 거야. 나의 아버지
　는 그녀를 따라 뛰어가 그녀를 멈추고 싶어 했지만, 나의 할아버지가 그
　를 격렬히 붙잡고 그를 가지 못하게 했데. 나의 아버지는 "내가 그녀를
　멈출 게요, 내가 그녀를 데려올 게요."라고 계속해서 외쳤지만, 나의 할
　아버지가 그를 잡아, 꽉 붙잡고 있었고, 그러한 동안에는, 기차는 정지하
　고 있었데. ……나의 할아버지와 아버지는 창밖을 내다보았데. "그녀가
　여기 있다, 그녀가 여기 있다!" 그러나 이미 기차는 너무 빠르게 움직이

고 있었던 거지. 나의 아버지가 그녀를 본 마지막은 그의 누이가 그녀의 팔에 개를 안고 플랫폼에 서 있는 것이었지.

My father was then fourteen, his sister was twelve. His sister had been crying because, when hurrying away from the house, they had left the dog behind. ……Then suddenly his sister pushed her way through and jumped onto the platform and began to run. My father tried to run after her and stop her, but my grandfather violently took hold of him and wouldn't let him go. My father kept crying, I'll stop her, I will, I'll bring her back, but my grandfather just gripped him, holding him violently, while the train was still. ……My grandfather and my father looked out of the window. 'She is here, she is here!' But already the train was moving too fast. The last my father saw of her was his sister standing on the platform with the dog in her arms(*JD* 166).

투안의 고통의 전모가 밝혀지는 이 장면은 타자읽기의 진수를 보여주는 장면이다. 로자린드의 사랑이 베일 속에 감추어진 그의 참모습을 드러내는 것이다. 이 장면은 앞에서 언급한 엘렉트라의 한 장면을 연상시킨다. 오레스테스는 자신을 진정으로 사랑하는 엘렉트라 앞에 더 이상 자신의 참모습을 감추지 못하고 자신을 드러낸다. 이처럼 자신의 참모습을 드러낸 투안이지만 고통을 털어놓음으로써 그녀에게 고통을 전가하게 된 것을 몹시 후회하며 그는 그녀를 떠나기로 결심한다.

그러나 로자린드는 사랑에서 우러난 확고한 신념으로 과거의 고통을 내세워 자신의 사랑을 거절하는 투안의 태도에 정면으로 도전한다. 여기서 머독은 투안의 고통에 맞서 싸우는 로자린드가 그 싸움을 승리로 이끌어 갈 힘을 어디서 얻게 되는지 묘사하고 있다. 베이유는 순수한 주시의 힘을 타자를 지각할 수 있는 필수적인 요소로 간주하고 학문뿐 아니라 이웃에 대한 사랑을 실천하는 데에도 반드시 필요한 것으로 보았다. 불행한 사람들에게 가장 절실한 것은 '자기들에게 주의를 기울일 수 있는 사람들'(*WG* 114)이다. 그러나 괴로움을 당하고 있는 사람들에게 주의를 기울이는 것은 쉬운 일이 아니다. 그것은 '기적'(*WG* 114)이다. 베이유는 고통당하는 이웃에게 베풀 수 있는 사랑의 비결을 '행위'가 아닌 '주시'에서 찾고 있다. 그녀는 이웃에 대한 사랑을 '성배에 관한 전설'을 예로 들면서 다음과 같이 설명한다.

> 성배(신성한 성체로 모든 굶주림을 해소시켜 주는 기적적인 그릇)에 관한 최초의 전설에 의하면 성배는 이 성배를 지키는 사람, 즉 가장 고통스런 상처 때문에 몸의 삼분의 일이 마비된 왕에게 "너는 무엇을 경험하고 있느냐?"라고 최초로 물어보는 사람의 소유가 된다고 전해지고 있다.

> In the first legend of the Grail, it is said that the Grail(the miraculous vessel that satisfies all hunger by virtue of the consecrated Host) belongs to the first comer who asks the guardian of the vessel, a king three－quarters paralyzed by the most painful wound, "What are you going through?"(*WG* 115)

이웃에 대한 온전한 사랑이란 단지 그 이웃에게 "당신은 무엇을 경험하고 있습니까?"라고 물을 수 있는 것을 의미한다. 베이유는 "고통당하는 사람을 어떤 방법으로 바라보아야 하는지를 아는 것은 충분하면서도 반드시 필요한 것"(*WG* 115)이며 그 방법은 "먼저 세심한 주의를 기울이는 것"(*WG* 115)이라고 말한다. 그리고 타자를 있는 그대로 받아들이기 위해서는 먼저 '자신의 영혼을 텅 비워야'(*WG* 115) 하는 것이다. 그것은 '주의를 기울일 수 있는 사람'(*WG* 115)에게만 가능한 것이다. 이미 언급했듯이 베이유는 '주시'를 인간이 할 수 있는 가장 위대한 노력으로 간주한다.

이러한 주시의 개념이 가장 잘 나타나는 것이 로자린드의 경우이다. 로자린드가 투안의 고통을 무너뜨리기 위해 취하는 마지막 선택은 주시하며 기다리는 것이기 때문이다. 그녀는 더 이상 그를 찾아가지 않는다. 그 대신 그녀가 사랑을 위해 선택한 최후의 방법은 그와 떨어져 죽음과도 같은 고독 속에 사흘간 머물면서 조용히 자신의 고통을 주시하는 것이다.

로자린드는 삼일 동안 기다렸다. 기다림은 고통이었다. 그녀는 자제하면서, 그녀의 가슴을 찢는 모든 격렬한 욕망과 움직임을 고통스럽게 감지했다. 그녀는, 전에는 결코 느낄 수 없었던, 가슴의 현을 느꼈다. ……그녀는 이것이 우리가 죽는다는 것을 알 때 느끼는 죽음의 고통과 같다고 생각했다. 그녀는 처음에는 많이 울었다 - 나중에는 단순히 입을 벌리고 앉아 있었는데, ……나는 비록 죽지 않겠지만 - 계속해서 살아간다는 것도 상상할 수가 없다. 그녀가 또한 이 시간 동안에 알게 된 것은 즉시 투안에게로 달려가고 싶은 한결같은 강한 격렬한 본능이었다. 어떤 좀 더 높은 더 현명한 직관이 그녀에게 기다리라고 말했다. 삼 일이 끝나자 그녀는 그것을 더 이상 견딜 수가 없었다.

Rosalind waited for three days. Waiting was agony. She painfully checked, held back, all the violent desires and movements which tore at her heart. She felt, as she had never felt before, her heart strings. ……She thought, this is like the pain of dying must be when you know that you are motal. She cried a lot at first - later she simply sat with her lips apart, ……though perhaps I won't die - yet I can't imagine going on living. What she checked too during this time was the steady powerful violent instinct to run at once to Tuan. Some higher wiser intuition told her to wait. At the end of three days she could endure it no longer(JD 179 - 80).

위에서 살펴본 것처럼 로자린드는 자신의 욕망과 행동을 자제하고 사흘간의 고독과 내면의 욕망을 응시하는 주시를 통해 모든 어려움을 극복할 수 있는 사랑의 힘을 얻게 된다. 그녀가 다시 투안을 찾아간 것은 나흘째다. 그녀는 마침내 사흘간의 침묵 속에서 얻어낸 진실한 사랑의 힘으로 투안이 쳐놓은 견고한 장벽을 무너뜨린다. 여기서 보이는 로자린드의 모습은 죽음에서 살아난 라자로(Lazarus)의 모습을 연상케 한다. 라자로는 죽어서 사흘 동안 무덤 속에 묻혀 있었으나 나흘째 되는 날 "라자로야, 나오너라."(요한복음 11:43) 하는 예수의 음성을 듣고 살아나게 된다. 라자로가 죽어서 무덤 속에 갇혀 있었던 것처럼 로자린드의 사흘간의 침묵은 그녀에게 죽음과 같은 것이었다. 그녀가 침묵 속에서 보게 된 자신의 모습은 끊임없이 투안을 향해 치닫는 욕망이었다. 그러나 그녀는 "더 높고 더 현명한 어떤 직관이 기다리라."(*JD* 180)고 말하는 소리를 듣게 된다. 그녀는 죽음과도 같은 고통스런 침묵과 주시를 통해 투안에 대한 욕망을 극복하게 된다. 이 사흘간의 침묵과 주시는 기도와 같은 효과를 발휘한다. 베이유가 말하는 주시는 일종의 종교적인 예배나 기도와 유사한 개념이다. 이때 기도란 간청하는 것이 아니다. 머독이 정의하는 기도는 '청원이 아니라 사랑의 형태인 신을 향한 단순한 주시'(*SOG* 53 – 4)이다. 이때 머독이 제시하는 신에 대한 정의는 다음과 같다. "신은 유일한, 완전한, 초월적인, 표현할 수 없는, 그리고 필연적인 주시의 대상이다(혹은 이었다)."(*SOG* 54) 로자린드는 기도와도 같은 내적인 주시의 힘을 통해 내면 깊은 곳에서 들려오는 움직임이 전혀 없는 현명한 소리를 듣고 충분히 인내한 결과 투안의 침묵을 깨뜨리고 사랑의 승리를 하게 된 것이다.

지금까지 투안과 로자린드의 침묵과 사랑을 통해 열리는 타자읽기를 살펴보았다. 다음에서 이 소설의 주변부에 머물면서도 등장인물들의 모든 관계의 중심축을 이루는 불가사의한 인물인 잭슨의 주시를 통한 타자읽기를 살펴보고자 한다.

## 2) 잭슨: 주시를 통한 타자읽기

이 소설에서 베넷이 행동하는 인물이라면 반대로 잭슨은 침묵하며 주시하는 인물이다. 베넷의 행동이 아무 결실도 맺지 못하는 이기심의 산물이라면, 잭슨의 침묵을 통한 주시는 타인을 지옥의 고통에서 해방시키는 힘이다. 잭슨은 앞에서 언급한 베이유의 주시와 침묵의 특성이 가장 두드러지는 인물이다. 그는 자신의 목적을 위하여 행동하지 않으며 타인의 고통을 흡수하고 '행동하지 않는 행동'(*GG* 92)의 진수를 보여주는 인물이다. 머독의 마지막 작품인 이 소설은 머독의 어느 작품보다도 베이유의 사상이 두드러지게 나타나는 작품이다.

잭슨은 전설적인 인물이다. 전설에 따르면 베넷은 어느 늦은 밤 뱀처럼 '상자 속에 웅크리고 있는'(*JD* 71) 잭슨을 발견해 그를 '불가사의한 동물처럼'(*JD* 71) 데리고 왔다고 한다. 그러나 이 전설에 대한 베넷의 기억도 정확하지 않고 이에 대한 다양한 해석들이 주어지고 있다. 머독은 구약성경에 나오는 모세의 이야기를 패러디하면서 이처럼 모호한 전설을 지니고 있는 잭슨의 존재에 대한 신비

감을 한층 더해 주고 있다. 베일리 교수는 『아이리스』에서 머독이
"이 잭슨이라는 사람 말이에요. 그 사람이 누군지 무얼 하고 있는
지 도무지 알 수 없어요."(231)라면서 "그 사람이 아직 태어나지도
않았다고 생각해요."(231)라고 말했다고 회상하고 있다. 이 소설 속
에 등장하는 인물들뿐 아니라 저자인 머독조차도 잭슨이 정확히
어떤 인물인지 알 수 없다고 언급한 사실은 이 소설의 주인공 잭
슨을 독자들에게 매우 신비로운 인물로 남게 만든다. 그러나 잭슨
에 관해 알 수 있는 한 가지 분명한 것은 '그가 주시하는 사람이
었다.'(JD 122)는 점이다. 행방불명이 된 마리안의 소재의 실마리
가 풀리기 시작하는 것은 잭슨이 마리안의 방에서 그녀의 모든 것
을 주의 깊게 살피고 있을 때이다. 즉 잭슨의 주시를 통해서이다.

> 잭슨은, 분명한 흔적을 따라가면서, 책상, 소파, 옷들, 침대, 카펫 밑,
> 책들의 속, 중국산 동물들의 안쪽, 부엌, 선반들, 식기건조대, 책이나 서
> 류나 보석을 담아놓은 온갖 종류의 서랍들, 주의를 놓쳤을지도 모르는 온
> 갖 종류의 이상한 장소들을 철저히 살펴보았다.

> Jackson, following the obvious tracks, looked through the desk, the
> sofa, the clothes, the bed, under the carpet, inside books, inside china
> animals, the kitchen, the shelves, the airing cupboard, drawers of all kinds
> containing clothes or papers or jewellery, all sorts of odd places which
> might have missed attention(JD 122).

여기서 잭슨이 마리안의 사소한 것까지도 철저히 관찰하고 있음
이 낱낱이 묘사되고 있다. 마리안의 비밀서랍을 포함한 모든 것을
살펴본 잭슨은 '고의로 감추어진 어떤 것, 눈에 보이지 않기에는
너무도 명백한 어떤 것을'(JD 122) 생각한다. 그러다 그는 마리안

의 침대에 누워 그가 얼마나 마리안을 좋아했는지 생각한다. 잭슨은 사랑하는 자의 고통 앞에 철저히 무능한 자신을 비통해하면서 극적으로 전달될 소식을 간절히 꿈꾼다. 이때 나타나는 잭슨의 간절한 기다림은 기도와 흡사하다. 베이유는 순수한 주시를 기도와 동일한 것으로 보았다. "완전히 어떤 것도 섞이지 않은 주시는 곧 기도이다."(GG 170) 다음에서 마리안의 소식을 간절히 기다리는 잭슨의 마음을 엿볼 수 있다.

> 그는 소중한 어떤 것, 황제에게 – 혹은 위대한 과학자에게 전달되는 메시지를 꿈꾸었다. 아니 그런 게 아니라, 신성함. 그러자 그는 갑자기 자신이 이해할 수 없는 비애를 스스로 시연하고 있었다. 시간은 흐르고 아무런 표시가 없었다. 아직은 아니다. 그래, 탄식하게 하라 – 아마도 그는 계속 전진해야만 한다. 그가 소중한 보석처럼 여겨왔던 것을 죽음이 제거해버렸다. 처음이 아니다. 오 그는 얼마나 자신을 불쌍히 여겼던가, 후회, 후회.

> He had dreamed of something precious, a message carried to an emperor – or to a great scientist. No, not that, but holiness. So now he was suddenly rehearsing for himself woes which he could not understand. Time was passing and no signal came. Not yet. Yes, let him sigh – perhaps he must again move on. Death had removed what he had thought of as a precious jewel. Not for the first time. Oh how he pitied himself. Remorse, remorse(JD 122).

그의 간절한 소망에 대한 응답인 양, 마리안의 행방을 풀 수 있는 단서가 될 만한 소식이 전달되는 것은 바로 이때이다. 그것은 마리안에 대한 사랑으로 침묵하던 잭슨의 고통과 비애가 극에 달할 때이다. 이것은 앞에서 언급한 『엘렉트라』의 한 장면을 연상시킨다.

머독은 이 소설에서 안절부절못하며 마리안의 행방을 찾기 위해 분주히 돌아다니는 등장인물들과 과묵히 사건의 전모를 바라보며 주시하는 잭슨을 적나라하게 대비시킨다. 결국 소란을 떨며 이리저리 돌아다니는 인물들, 특히 베넷에게는, 마리안이 마술에라도 걸려 사라지기라도 한 것처럼 그녀의 행방이 철저히 비밀에 감춰진다. 하지만 오히려 침묵하며 마리안이 사라짐으로 인해 생긴 빈자리를 빈 채로 견디면서 모든 상황을 주시하는 잭슨에게는 잃어버린 마리안의 시계를 들고 찾아오는 사람과의 우연한 만남으로 베일에 싸인 비밀이 서서히 열리면서 마리안의 소재와 쪽지의 비밀이 밝혀진다. 잭슨은 정확한 시점에 마리안을 캔토에게 데려다주는 단순하지만 결정적인 행위를 통해 파국으로 치닫던 이야기에 안정적이고도 균형 잡힌 새로운 지평을 열어 준다.

머독은 우리가 살아가는 세상을 '우연한, 번잡한, 한계가 없는, 극히 독특한, 그리고 끊임없이 여전히 설명되어야 하는'(*EM* 274) 곳으로 보고 그 속에서 살아가는 개개인 또한 "무한하고, 정의를 내릴 수 없다."(*EM* 274)고 주장한다. 머독은 '우연성'을 인간의 본질을 파악하기 위한 중요한 요소로 간주한다. 머독이 여기서 결정적인 사건의 해결을 우연으로 처리하는 것에는 많은 의미가 내포되어 있다. 머독은 이 소설에서 가장 선한 인물로 그려지는 잭슨의 결정적인 역할을 우연과 결부시켜 처리함으로써 잭슨에게 주어질 모든 찬사를 최소화하고 있다. 그러나 이러한 우연은 머독 소설 속에서 아무에게나 다가오는 것이 아니다. 그러한 우연은 잭슨처럼 적절한 시기가 올 때까지 잘 참고 기다리며 끝까지 인내하는 사람의 몫이다.

이 소설에서 시종일관 거의 침묵하며 베넷의 노예로 희생적인 노동을 감수하는 잭슨의 모습은 그림(Grimm)의 동화『여섯 마리의 백조 *The Six Swans*』에 나오는 여주인공의 모습과 흡사하다. 베이유는 1925년 11월, 16세 때 그림(Grimm)의 동화『여섯 마리의 백조』에 관한 작문(Weil, Premiers 57－9)을 쓴 적이 있으며 그것은 베이유가 선생님[30]으로부터 우수하다고 평가받은 논평이었다. 데즈몬드 에이버리(Desmond Avery)는 베이유의 이 논평 속에는 "그녀의 생애와 사상을 말해 주는 순결한 고통, 희생적 노동, 진실의 힘, 사랑의 힘, 침묵, 그리고 웃지 않음과 같은 위대한 주제들이 담겨져 있다."(28)고 주장한다.

베이유는 이 동화 속에서 계모의 마술에 걸려 백조가 된 여섯 명의 오빠들을 구하기 위해 온갖 어려움을 견디며 6년 동안 침묵하는 여주인공의 모습 속에서 영혼의 진실을 읽는다. 여주인공은 오빠들을 구해야 한다는 일념하에 황후로부터 부당한 고발을 당했을 때조차도 침묵을 지킨다. 이것은 인간으로서는 견디기 힘든 시련이다. 그러나 그녀는 오빠들에 대한 순수한 사랑으로 모든 시련을 극복한다. 그녀의 순수한 사랑이 승리할 수 있었던 비결은 그녀가 셔츠를 만드는 한 가지 일에만 전념하느라 다른 생각이 들어올 틈을 주지 않은 데 있다. 베이유는 이 동화 속에서 영혼의 진실을 읽는다.

잭슨의 침묵과 기다림의 진수는 그가 베넷에게 더러운 오해를 받고 해고당할 때 더욱 분명히 드러난다. 이것은『여섯 마리의 백조』에 나오는 여주인공이 황후의 음모로 왕에게 사형당할 위기에

---

30) 철학자, Emile Chartier, 앨레인(Alain)으로 알려져 있음.

처한 상황과도 유사하다. 이 여주인공과 마찬가지로 잭슨이 위기 상황에서도 한마디 변명 없이 베넷의 부당한 처사를 묵묵히 수용할 수 있었던 것은 아네모네로 셔츠를 짓는 희생적 노동에 버금가는 하인생활과 침묵의 힘이다. 머독은 이 순간 잭슨이 겪는 처절한 고통의 순간을 면밀히 묘사하는 대신에 그의 반쪽이나 다름없는 베넷의 고통을 묘사함으로써 잭슨의 고통을 베일 속에 감춰 둔다. 또한 그것은 밀드레드의 눈을 통해 드러나는 잭슨의 모습에서 간접적으로 묘사된다.

> 그녀(밀드레드)는 떨었고, 그녀는 전율했으며, 그녀는 그(잭슨)가 다르다고 생각했다. 잭슨은 훨씬 더 잘생겼고, 그의 검은 눈들은 더 크고, 매우 차분하고 빛나며, 그의 입술은 온화하고, 그의 표현은 사랑스럽다고 생각했다. 그는 베넷이 그를 용서했기에 안전하다, 아니, 아니, 그가 베넷을 용서했다! ……그는 고통 속에 있는 것처럼, 변했으며, ……그가 떠나갔을 때 그것은 또 다른 육화를 위한 것이었고, ……지금 그는 나에게 이상한 언어로 말하고 있지만, 나는 이해한다. ……나는 그에게 말하고 있고 그는 나에게 말하고 있으며, 그는 상흔을 가지고 있고, 그는 그리스도가 매 맞은 것처럼 매 맞았고, 변장한 피셔 킹처럼, 손상되었으며, ……

> She trembled, she shuddered, she thought he is different, he is more, even more, handsome, his dark eyes are larger, so calm and glowing, his lips are gentle, his expression is loving, he is secure because Benet has forgiven him, no no, he has forgiven Benet! ……he has changed, like in suffering, ……when he went away it was for another incarnation, …… now he is talking to m
> e in a strange language, yet I understand, ……I am speaking to him and he is speaking to me, he has the stigmata, he was beaten like Christ was beaten, he is damaged, like the Fisher King in disguise, ……(*JD* 232)

여기서 밀드레드는 잭슨의 변모를 그리스도의 '육화'에 비유한다. 머독이 가장 처절한 고통의 순간에 잭슨을 무대에서 잠시 사라지게 하는 것은 그의 거룩한 변모를 극화시키는 마술적 재치이다.

베넷의 배타적 타자읽기가 수용적 타자읽기로 돌변하게 된 원동력은 주인 베넷에 대한 잭슨의 한결같은 사랑과 침묵의 힘이라고 볼 수 있다. 그는 잭슨에게 주인과 종의 관계가 아닌 친구로서의 관계를 제안한다. 아울러 베넷은 동등한 관계를 요구하는 잭슨의 제안을 수락한다. 이를 계기로 그들의 관계는 새로운 국면으로 접어든다. 잭슨의 존재로 인해 비로소 펜딘(Penndean)에는 고요가 깃든다. 베넷과 잭슨과의 새로운 관계를 듣게 된 베넷의 친구들은 모두 기뻐한다. 그러나 격상된 지위와는 상관없이 다시 돌아온 잭슨이 하는 일은 여전하다. 잭슨은 정원사, 쇼핑, 전기수리공, 목수, 제작자, 수선자 등 온갖 역할을 담당한다. 그는 자신의 집에서 함께 살아도 된다는 베넷의 호의를 거부한다.

이러한 잭슨의 겸허한 태도는 그가 중력에 저항할 수 있는 힘의 원천이 된다. 그는 여전히 오두막을 선택하며 스스로 보잘 것 없는 하인으로 남는다. 그는 현실에 만족하기보다는 좀 더 높은 세계를 향해 열려 있는 자세를 끝까지 취한다. 이것은 중력에 역행하는 처사이다. 따라서 잭슨의 이러한 선택은 대부분의 등장인물들이 어느 정도의 만족스런 시점에 이르러서는 중력의 힘을 받아 다시 하강을 반복하는 일정한 패턴에 떨어지지 않도록 그를 지켜주는 원동력이 된다.

한결같이 충실한 삶을 살아온 잭슨은 '길이 없는 곳'(*JD* 249)에 와 있는 자신을 보게 된다. 그는 삶의 끝에서 마주치는 모순을 직시하며 죽음을 생각한다. 머독은 잭슨이 마주치는 삶의 모순을 통해 인간의 조건을 말해 주고 있다. 베이유는 "순수한 선을 열렬히 추구하는 영혼은 어쩔 수 없이 모순에 부딪치게 된다."(베이유, 『신』205)고 말한다. 베이유는 이러한 모순들을 '유일한 실재'로 간주한다(GG 151). 왜냐하면 '상상적인 것에는 모순이 없기'(GG 151) 때문이다. 따라서 실재하는 것과 상상적인 것을 구분할 수 있는 유일한 기준은 '모순'인 것이다. 베이유는 순수한 주시를 통해 어떤 모순을 접하게 될 때 그 모순이 초래하는 부조리를 그대로 겪어냄으로써 집착에서 벗어나 순수한 선에 이르게 된다고 보았다.

머독은 잭슨에게서 나타나는 침묵과 주시를 통해 모순을 뚫고 들어가 환상을 깨뜨리고 실재하는 것들을 읽어내는 유일한 길을 제시해 주고 있다. 그것은 악을 있는 그대로 견디면서 악에서 선을 끌어내는 구원적인 힘이며 타자를 지옥에서 해방시키는 힘이다. 잭슨은 타자를 있는 그대로 바라보고 수용하며 사랑함으로써 주변의 혼란과 불신, 진실을 왜곡하고 변질시키려는 모든 행위들을 끌어안는다. 이 소설의 마지막 장면에서, 거미줄에서 벗어나 잭슨의 팔로 길을 잘못 들어선 '거미'는 잭슨의 이미지다. 그는 그 거미를 거미줄로 '부드럽게' 되돌려 놓는다. 펜딘에 가까워지자 '그는 미소 짓기 시작한다.'(JD 249) 거미줄은 일찍이 '검은 거미의 거미줄, 그의 생각의 거미줄'(JD 47)로 베넷의 삶의 상징이었다. 머독은 마지막 장면에서 미미한 존재인 거미를 거미줄로 옮겨놓는 잭슨의 행위와 베넷의 삶의 상징인 거미줄을 일치시킴으로써 그가 앞으로 취하게 될 삶을 향한 긍정적인 방향을 암시하고 있다.

지금까지 등장인물들의 타자읽기를 두 가지 측면에서 살펴보았다. 하나는 베넷과 마리안처럼 소유에 집착함으로써 자신의 존재가치를 확인하려는 인물들의 타자읽기이며 둘째는 투안과 로자린드, 그리고 잭슨처럼 타자를 침묵과 사랑으로 수용하면서 주시하는 인물들을 중심으로 하는 타자읽기이다. 머독은 전자에서 볼 수 있는 타자읽기는 자신들의 욕망에 집착하여 타자를 인위적으로 조정하려 하는 데서 커다란 실수를 범하며 자신뿐 아니라 주변 인물들마저 커다란 고통으로 몰고 가는 것으로 그리고 있다. 그러나 후자의 인물들은 자신들의 고통을 감수하고 타자를 사랑으로 감싸며 공허를 주시함으로써 타자와의 조화로운 균형을 이루는 것으로 묘사하고 있다. 머독은 이처럼 이 소설에 등장하는 주시하는 인물들을 통해 개개인의 독특함을 직시할 수 있는 타자읽기를 제시하고 있다.

# V

## 결  론

지금까지 머독의 세 작품 『종』, 『상당히 명예로운 패배』, 『잭슨의 딜레마』의 줄기를 이루고 있는 타자읽기가 베이유의 핵심사상인 주시, 공허, 중력과 은총, 퇴행, 탈 창조를 통해 검토될 때 어떻게 드러나는지를 살펴보았다. 각 작품의 주인공들을 타자읽기라는 주제로 검토해 보았을 때 머독이 작가로 활동한 초·중·말기의 시기적 흐름에 따라 점차적인 진전이 있었음을 확인할 수 있었다.

제2장에서는 『종』에 나타난 공허를 통해 드러나는 균형 잡힌 타자읽기를 살펴보았다. 옛 종에 얽힌 전설을 읽는 방식에 따라 중력에 저항하는 도라의 읽기와 중력에 순응하는 캐더린의 읽기를 살펴보고 마이클의 반복되는 동성애를 통해 자기중심적 타자읽기가 퇴행으로 이어지는 과정을 살펴보았다. 그리고 이 소설의 주인공인 마이클과 도라에게서 나타나는 공허현상을 분석해 보았다. 마이클은 사랑하던 니크의 죽음과 공동체의 해체라는 상실의 체험을 통해 결국 "신은 존재한다. 그러나 나는 신을 믿지 않는다."라는 결론에 이른다. 그는 그의 고통에 어떤 위안도 주어지지 않는 공허의 체험을 통해 종교적인 환상에서 깨어나 외적 상황을 보다 객관적으로 볼 수 있는 시각을 지니게 된다. 그러나 그는 세상의 모순과 부조리를 감싸 안을 수 있는 풍부한 사랑에는 미치지 못한다. 그러한 모습은 마이클보다는 도라에게서 좀 더 분명하게 나타난다. 도라는 국립미술관의 그림 앞에서 경험하게 되는 초월적인 계시의

체험과 옛 종을 울리는 경이로운 체험, 새 종이 호수 속에 빠져들고 공동체가 해체되는 일련의 사건들을 통해 공허를 체험한다. 도라는 공허를 통한 계시적인 비전 속에서 실재에 대한 깨달음을 얻는다. 도라는 더 이상 현실을 도피하지 않으며 자신의 삶을 수용하고 타자를 향해 관대하게 나아갈 수 있는 사랑과 용기를 지니게 된다.

제3장에서는 『상당히 명예로운 패배』를 통해 선과 악의 문제를 짚어보고 등장인물들 간에 나타나는 읽기의 유형을 살펴보았다. 첫째는 모간과 줄리우스, 루퍼트와 모간의 관계를 통해 나타난 노예적·정복자적인 타자읽기이다. 그중에서도 모간과 줄리우스의 관계는 노예적·정복자적인 타자읽기의 전형이라고 볼 수 있다. 둘째로는 탤리스를 통해 나타나는 차별화된 적극적 타자읽기이다. 머독은 타인을 지배하기도 하고 타인에 의해 지배당하기도 하는 일방적인 읽기로는 타자를 제대로 읽을 수 없음을 드러내고 자아의 집착에서 벗어난 차별화된 타자읽기의 새로운 방식을 탤리스를 통해 제안하고 있다. 머독이 탤리스를 통해 제시하는 적극적 타자읽기는 『종』의 주인공 도라에게서 나타나는 타자읽기보다 그 폭이나 깊이에 있어 진일보한 것이다. 탤리스는 작중 인물 중 타인을 판단하지 않으며 있는 그대로 받아들이는 가장 겸손한 인물이다. 그는 타인을 스스로 판단하지 않고 모든 것이 정확히 드러나는 시점까지 참고 기다린다는 점에서 다른 등장인물들의 읽기와 차별된다. 그의 타자읽기는 소극적인 것처럼 보인다. 그러나 그에게는 감추어진 사건의 음모가 저절로 드러난다는 점에서 그의 읽기는 오히려 적극적인 것이다. 그는 타인을 있는 그대로 수용할 뿐 아니라 주변 사람들의 고

통을 흡수하는 인물이다. 그러면서도 그에게는 어떤 위로나 보상도 주어지지 않는다. 탤리스는 머독 작품에서 그려지는 보기 드문 선한 인물이다. 탤리스를 제외한 대부분의 다른 등장인물들은 자아를 깎는 뼈아픈 고통과 상실을 겪고 얻게 되는 탈 창조 과정을 통해 이기심에서 벗어나 타자를 비교적 객관적으로 읽을 수 있게 된다.

제4장에서는 머독의 마지막 소설인 『잭슨의 딜레마』를 통해 탤리스보다 더 신비로운 인물인 잭슨에게서 나타나는 침묵과 기다림, 주시를 통한 타자읽기를 살펴보았다. 머독은 소유함으로써 존재하려고 하는 대표적인 인물인 베넷과 마리안을 통해 자아에 집착한 타자읽기는 균열과 분란을 일으키며 주변 인물들과의 조화로운 관계를 이룰 수 없는 것으로 묘사하고 있다. 반면 머독은 투안과 로자린드의 관계를 통해 침묵과 사랑의 위대한 힘을 드러내고 있다. 또한 머독은 하인의 모습을 한 전설적인 인물인 잭슨에게서 나타나는 순수한 주시를 통해 타자읽기의 비전을 제시해 주고 있다. 머독은 그녀가 소설 속에서 드러내고자 했던 타자읽기의 진수를 잭슨을 통해 보여주고 있는 듯하다. 잭슨은 타인을 있는 그대로 읽으며 늘 도와주기 위해 최선을 다하지만 그에게 돌아오는 대가는 수치와 모욕과 불신과 부당함이다. 그는 이기적이고 부당한 베넷의 타자읽기에 무참히 희생되는 인물이다. 그러나 그는 그에게 닥치는 모든 부당함을 침묵으로 견디어 낸다. 머독은 『상당히 명예로운 패배』의 탤리스보다도 더 발전된 이타적 타자읽기의 성숙한 면모를 잭슨을 통해 보여주고 있다. 잭슨의 역할로 등장인물들 사이의 갈등이 해소되고 대부분이 사랑에 눈을 뜨게 되나 정작 잭슨은 딜레마에 빠진다.

머독은 『잭슨의 딜레마』를 통해 선한 사람은 선을 추구하는 과정 중에 반드시 모순을 접하게 되며 그 모순을 통해 실재에 이른다는 베이유의 사상을 가장 잘 드러내고 있다. 잭슨은 이 모순의 끝에서 삶과 죽음을 놓고 어느 것을 선택해야 할지 갈등한다. 머독은 마지막 장면에서 잭슨의 상징인 거미와 세상 속에 얽힌 베넷의 삶을 상징하는 거미줄을 하나로 연결시킴으로써 잭슨을 둘러싼 주변 사람들과 세상을 향해 앞으로 잭슨이 취하게 될 삶을 향한 긍정적인 빙향을 암시하고 있다.

지금까지 머독의 작품을 통해 살펴보았듯이 타자를 인식하는 머독의 독특한 사고는 지난 반세기 동안의 문학과 철학에 그녀가 기여한 가장 큰 공로 중 하나로 간주할 수 있겠다. 종교가 당연시되었던 19세기와는 달리 조직적인 종교의 소멸과 약화현상으로 인해 현대문학에서 다루기 힘든 종교적인 신념의 상실에 대해 머독은 작가로서 그 상실의 해결책을 제시해야 할 필요를 절감했던 것으로 보인다. 따라서 머독의 사상은 비록 그녀가 엄밀한 의미의 신학자는 아니라 할지라도 세속적인 도덕철학과 종교적인 윤리학을 연결하는 중요한 다리 역할을 하고 있다고 볼 수 있다.

머독은 그녀의 작품을 통해서 자아 밖에 존재하는 타자와의 조화로운 공존 가능성을 지속적으로 보여주고 있다. 머독은 현대인이 잃어버린 실재에 대한 비전을 획득하는 길을 모색함에 있어 베이유에게 커다란 빚을 지고 있음을 분명히 밝히고 있다(*SOG* 49). 머독이 그녀의 소설을 통해 타자를 인식하는 새로운 비전을 제시하고 이기적인 환상으로부터 자유로워지는 길을 묘사하는 배후에는 베이유의 사상이 크게 자리 잡고 있음을 알 수 있다. 베이유가 언급한 주시의 훈련은 우리의 이기심을 줄이고 공허를 직시하며 공허를 통한 새로운 세계와 독특한 방식으로 존재하는 개개인에 대한 사랑의 눈을 뜨게 해 주는 데 도움이 되는 것이다. 머독이 공허를 주시함으로써 실재에 이르는 길을 제시하고 있는 것은 현대 사상가들이 외적 실재에 대한 신념을 상실했다고 보는 머독의 통찰에서 나온 것이다. 따라서 머독이 '우리 자신과는 분리된 리얼리티에 관한 비전'(SOG 46)과 '원죄에 대한 적절한 개념'(SOG 46)을 상실한 현대인들에게 '공허'를 통해 열리는 다양한 세계와 개개인의 독특함에 눈 뜰 수 있는 가능성을 제시한 것은 그녀가 이루어 낸 가장 값진 업적 중의 하나라고 할 수 있다.

본서에서 분석된 소설 속에서 등장인물들은 대부분 환상에 사로잡혀 현실을 직시하지 못하는 인물들이다. 그러나 그들은 영적인 순례를 거쳐 자아의 틀을 벗어나 개개인의 독특함에 눈을 뜨게 되는 것으로 그려진다. 머독은 그들 중에서도 특히 도라, 탤리스, 잭슨과 같은 인물들을 통해 타자를 정당하게 읽을 수 있는 비전을 어렵게 그려내고 있다. 그중에서도 잭슨은 머독이 창조해 낸 가장 신비롭고 희귀한 인물이다. 머독은 늘 그녀의 작중 인물들과 대화하며 그들 속에서 살았던 작가이다(Conradi, *life* 589). 이미 언급했듯이 남편에게 "이 잭슨이라는 사람 말이에요. 그 사람이 누군지 무얼 하고 있는지 도무지 알 수 없어요.", "그 사람 아직 태어나지도 않았다고 생각해요."(베일리 231)라고 말했던 머독은 1996년 6월에 "내가 잭슨에게 말할 수 있다면 얼마나 좋을까."(Conradi, *life* 589)라는 기록을 남겨 놓았다. 머독이 그토록 대화를 갈망했던 잭슨은 머독이 이 시대에 염원했던 가장 이상적인 인간의 모습이라고도 볼 수 있다.

　머독은 그녀의 마지막 소설의 주인공 잭슨을 통해 현대가 필요로 하는 참된 인간상을 제시하고 있는 듯하다. 머독은 잭슨을 모세적인 지도자상, 그리스도적인 구원자상으로 묘사하고 있다. 잭슨은 자신의 모습을 드러내지 않으면서 타인들을 도와준다. 그는 마치 제자들의 발을 씻기는 그리스도처럼 준비된 하인의 모습으로 끝까지 남는다. 그는 타자를 있는 그대로 수용한 인물이다. 그는 과묵히 자신의 일을 수행하며 현실 속에서 악과 부조리를 그대로 견디면서 사랑으로 모든 것을 감수하는 인물이다. 잭슨은 베넷에게 다가올 때 목소리로 다가왔던 것처럼 독자들 곁에 "도와드릴까요?"라는 목소리로 친근하게 남아 있다.

　지금까지 살펴보았듯이 머독은 그녀가 되살려내고 싶은 개개인의 독특함과 숭고함을 어떤 이론이나 철학적인 사상보다도 문학작품을 통해 말하려고 했던 것 같다. 실존주의 문학의 영웅들은 자아를 찾기 위해 투쟁하지만 머독 소설의 주인공들은 자아를 비우기 위해 투쟁한다. 머독은 자아를 비움으로써 '위대하고 놀라운 세계의 다양성'(*EM* 354)에 눈뜨도록 독자들을 인도하고 있다. 그것은 인간의 사고를 하나의 '거짓된 단일성'(*EM* 347)으로 묶으려는 모든 시도에 일침을 가하는 것이다. 머독은 사회적인 통념이나 판단에 의해 개개인의 독특함을 단일화시키려는 모든 사상이나 체제는 인간에 대한 참된 이해를 가져올 수 없으며 외부 세계에 대한 참된 인식을 방해한다고 보았다. 머독은 그녀의 소설에서 정당한 타자읽기의 비전을 제시함으로써 인간을 현혹시키는 모든 거짓된 위로와 환상으로부터 깨어나 실제 세계에 반응할 것을 촉구하고 있다.

# Bibliography

## Primary Sources

Murdoch, Iris. *A Fairly Honourable Defeat*. London: Chatto & Windus, 1970.

_____. *Black Prince*. New York: Penguin, 1975.

_____. *Existentialists and Mystics*. ed. Peter J. Conradi. New York: Penguin, 1997.

_____. *Jackson's Dilemma*. New York: Penguin, 1995.

_____. *Metaphysics as a Guide to Morals*. New York: Penguin, 1992.

_____. *Sartre: Romantic Realist*. London: Penguin, 1989.

_____. *The Bell*. London: Penguin, 1962.

_____. *The Italian Girl*. London: Chatto & Windus, 1964.

_____. *The Sovereignty of Good*. London: Routledge, 1971.

_____. *Under the Net*. London: Chatto & Windus, 1954.

베이유, 시몬느. 『신을 기다리며』. 설영환 옮김. 서울: 지문사, 1984.

_____. 『영혼의 순례』. 문혜식 옮김. 서울: 문예출판사, 1972.

_____. 『억압과 자유』. 곽선숙 옮김. 서울: 일월서각, 1980.

_____. 『중력과 은총』. 윤진 옮김. 서울: 한불문화, 1988.

Weil, Simone. *Gravity and Grace*. Trans. Arthur Wills. New York: Octagon, 1987.

_____. Premiers écrits philosophiques. Paris: Gallimard, 1988.

_____. *Waiting For God*. Trans. Emma Craufurd. New

York: Harper & Row, 1973.

## Secondary Sources

강영선 외 편저.『세계철학대사전』. 서울: 교육출판공사, 1988.

김연숙.『레비나스 타자윤리학』. 경기도: 인간사랑. 2001.

과학 동아. 2005년 1월. vol. 229.

리프킨 제레미.『엔트로피의 법칙』. 최현 역. 서울: 범우사, 1983.

베일리 존.『아이리스』. 김설자 옮김. 서울: 소피아, 2004.

불핀치 토마스.『그리스ㆍ로마 신화』. 최혁순 옮김. 서울: 범우사. 2000.

프로이트 지그문트.『프로이트 심리학 연구』. 이학 역. 부산: 청목서적, 1987.

Antonaccio, Maria & William Schweiker eds. *Iris Murdoch and the Search for Human Goodness*. Chicago: The University of Chicago Press, 1996.

Avery, Desmond. "Simone Weil's Unfinished Shirt", *PN Review(Manchester)*(28:4) [March – April] 2002.

Baldanza, Frank. *Iris Murdoch*. New York: Twayne, 1974.

Bloom, Harold. Ed. *Iris Murdoch: Modern Critical Views*. New York: Chelsea House, 1986.

Byatt, Antonia Susan. *Degrees of Freedom: The Early Novels of Iris Murdoch*. London: Vintage, 1994.

_____. *Iris Murdoch*. England: Longman, 1976.

_____. "Shakespearean Plot in the Novels of Iris Murdoch", ed. Harold Bloom, *Iris Murdoch: Modern Critical Views*. New York: Chelsea House, 1986.

Conradi, Peter J. *Iris Murdoch: A Life*. New York: Norton, 2001.

_____. *Iris Murdoch: The Saint and the Artist*. 2nd ed., London and Basingstoke: Macmillan, 1989.

Gąsiorek, Andrzej. *Post – War British Fiction: Realism and After*. London: Edward Arnold, 1995.

Griffin, Gabriele. *The Influence of the Writings of Simone Weil on the Fiction of Iris Murdoch*. New York: Edwin Mellen, 1993.

Hartill, Rosemary, "Flight To The Enchantress", *Writers Revealed: Eight Contemporary Novelists Talk about Faith, Religion and God*. New York: Peter Bedrick, 1989.

Ingle, Debbie Sue. "Visions from the void: The epiphanic structure of the novels of Iris Murdoch", Ph. D. Diss. The University of Oklahoma, Ann Arbor, Ml, 1993.

Nicol, Bran. Iris Murdoch for Beginners. New York: Writers and Readers Publishing, 2001.

Plant, Bob. "Ethics without Exit: Levinas and Murdoch", *Philosophy and Literature*: Oct 2003: 27, 2; Academic Research Library.

Plato, *The Republic*. Trans. Desmond Lee, 2nd ed., London: Penguin, 1974.

Todd, Richard. *Iris Murdoch: The Shakespearian Interest*. London: Vision, 1979.

_____. "Realism Disavowed? Discourses of Memory and High Incarnations in Jackson's Dilemma", Modern Fiction Studies, Vol. 47, number 3, Fall 2001. Copyright © for the Purdue Research Foundation by the Johns Hopkins University Press. 674 – 95.

Tracy, David "Iris Murdoch and the Many Faces of Platonism", *Iris Murdoch and the Search for Human Goodness*. Eds. Maria Antonaccio & William Schweiker, Chicago: The University of Chicago Press, 1996: 54 – 73.

## Interviews:

"An Interview with Iris Murdoch", *Modern Fiction Studies*, 47.3(Fall 2001): 696 – 714.

– interview with S. B. Sagare, 'House of Fiction: Interviews with Seven

English Novelists', Partisan Review, x x x , 1963, 61 – 82.

– interview with Frank Kermode.

'Iris Murdoch in conversation with Malcolm Bradbury', recorded 27 February 1976, British Council Tape No. RS 2001.

이혜리 ──────────────────────────────

**▌약 력**

　중앙대학교 교육학 학사
　경기대학교 교육대학원 교육학 석사
　아주대학교 문학박사
　화홍고등학교 영어교사
　경기도 영어과 수석교사
　전국영어수석교사협의회장
　건국대학교 교육대학원 강사
　경기도 다문화 교육센터 공동연구원
　KOTESOL 국제학술대회 홍보부장
　「광복반세기의 주역들」 교육분야 유공인사


# 아이리스 머독 소설에 나타난
# 타자(他者)읽기에 관한 연구

초판인쇄 | 2009년　8월　20일
초판발행 | 2009년　8월　20일

지은이 | 이혜리
펴낸이 | 채종준
펴낸곳 | 한국학술정보㈜
주　소 | 경기도 파주시 교하읍 문발리 파주출판문화정보산업단지 513-5
전　화 | 031) 908-3181(대표)
팩　스 | 031) 908-3189
홈페이지 | http://www.kstudy.com
E-mail | 출판사업부　publish@kstudy.com

등　록 | 제일산-115호(2000. 6. 19)
가　격 | 11,000원

ISBN　978-89-268-0275-5　93840 (Paper Book)
　　　　978-89-268-0276-2　98840 (e-Book)